I0668341

Yo, Jíbaro...

Horacio Marcelo Canteros

www.hmcanteros.com.ar

Canteros, Horacio Marcelo
Yo, Jíbaro…
1a ed. - Villa Gobernador Gálvez: el autor, 2015.
148 p.; 21x15 cm.
Ed. Impresa: ISBN 978-987-33-8290-1

Libro digital, PDF/A Archivo Digital: descarga
ISBN 978-987-33-8304-5

1. Narrativa Argentina. 2. Novela. I. Título
CDD A863

Yo, Jíbaro…
Autor: Horacio Marcelo Canteros © 2015.

Arte de tapa, corrección y puesta a la edición:
Lilia Stella Silva Moncada y Horacio Marcelo Canteros

Foto de tapa: Rula Sibai
Dominio Público. Disponible en Internet en:
http://www.freejpg.com.ar/free/info/100006431
Rula Sibai: https://www.flickr.com/people/rulasibai

Queda hecho el depósito que marca la ley 11.723

ISBN 978-987-33-8290-1

9 789873 382901

safeCreative
1 507284 736483
INFO ABOUT RIGHTS

Ninguna parte de esta publicación, incluido el diseño de la tapa, puede ser reproducida, almacenada, o transmitida de manera alguna por ningún medio, ya sea eléctrico, químico, mecánico, óptico, de grabación o fotografía, sin permiso previo del autor.

Agradecimiento

La existencia por sí misma representa un acto de agradecimiento infinito hacia nuestro creador, y en ese acto de gratitud me sumo una y otra vez por un día más en este maravilloso y contradictorio universo.

Gracias a mi amigo personal, el Dr. Fernando R. Pietragalli, por tomarse el tiempo y la paciencia de leer el borrador de la presente obra, por emitir sus benévolos comentarios, justas opiniones, e invalorables sugerencias, y principalmente por regalarnos un Prólogo magistral, el cual me es imposible igualar. Por ello, y descontando que la humanidad encontrará en él a un gran escritor, adhiero a sus ansias infinitas de utilizar ese don maravilloso de la inteligencia y la palabra.

Muy especialmente, a mi editora, mi compañera de ruta, mi amiga y confidente, mi bastón principal de mi vida, quien me sustenta con sus palabras y atenciones, la que comparte alegrías, risas y tristezas, días e interminables noches en vela, y quién con su infinita paciencia se digna inmerecidamente en comprender este deseo de la escritura, colaborando más allá de lo imaginable, para que pueda seguir persiguiendo inalcanzables quimeras. A ella le debo gran parte de este deseo de escribir y que el mismo llegue a sus manos. Gracias Lilia Stella Silva Moncada, por estar siempre a mi lado.

Y a ustedes, quienes son el alfa y omega de cada palabra escrita. Por este tiempo que disponen para leer esta obra, infinitas gracias.

Horacio Marcelo Canteros

Índice

Prólogo

Mientras la sociedad dormía, un submundo de sangre y violencia crecía al amparo de la indiferencia de todos. El dinero fácil y la impunidad transformaron al pacto social y los principios que guiaban la conducta de esos hombres cayeron en el olvido. Las nuevas circunstancias permitieron justificar todos sus actos.

En esta historia de ficción, la pluma apasionada de Horacio Marcelo Canteros nos coloca en una posición privilegiada, donde los valores no son lo que parecen ser y la vida y la muerte, la traición y la lealtad, la necesidad y el deber, se desdibujan y se confunden en la mente de José María, víctima y victimario del nuevo orden social. La aparentemente clara diferencia entre el bien y el mal deja de serlo en la vida del protagonista, colocándonos frente a dilemas éticos a lo largo de toda la novela.

H. M. Canteros es a la par de una gran persona, un autor inquieto y curioso, que nos vuelve a sorprender con una novela atrapante. Para quienes se acercan a su obra por primera vez sólo cabe una severa advertencia. Quienes hemos disfrutado la lectura de su prosa padecemos una gran ansiedad al llegar al final de sus relatos; la ansiedad de volver a leer y a disfrutar las narraciones de quién promete ser un prolífico autor.

Fernando R. Pietragalli[1]

---

[1] El Dr. Fernando R. Pietragalli, es Abogado egresado de la U.N.R. (Universidad Nacional de Rosario) y titular del Estudio Pietragalli & Asociados. Se destaca como especialista en Derecho Comercial y Empresario y en Derecho Laboral. Asimismo, es un experto en administración de conflictos para conducir mediaciones prejudiciales en materia Civil y Comercial. Sitio web http://estudiopw.es.tl/

Prefacio

"Es moral lo que hace que uno se sienta bien, inmoral lo que hace que uno se sienta mal. Juzgadas según estos criterios morales que no trato de defender, las corridas de toros son muy morales para mi..." Ernest Hemingway

Anhelo que al terminar de pasar las hojas de este relato, pueda Ud. envolverse en una dicotomía propia de definirse por adoptar una postura moral y la ética a favor o en contra del personaje principal y su contexto, porque si así sucede, la obra habrá cumplido su objetivo.

No pretendo tomar una posición determinada, sobre la doble moralidad de lo correcto o incorrecto, o por denostar una u otra posición dogmática del bien o del mal, sino más bien plantear situaciones límites, en donde lo que hemos aprendido, lo que hemos creído como cierto en toda nuestra existencia, se desdibujan para dar paso a lo que más valoramos como prioritario, necesario, obligatorio, urgente.

"Yo Jíbaro" es una obra de ficción que narra la historia de un hombre, que dentro de un contexto de la realidad y de la irrealidad social, en la que por distintas situaciones le fuerzan irremediablemente a tomar decisiones al menos cuestionables, pero que cumplen con un objetivo muy valorado, proteger a su familia.

¿El fin justifica los medios?

Debo sin embargo, solicitar las disculpas necesarias al pueblo Jíbaro –los Shuar-, ya que la presente obra de ficción, no intenta describir su arraigada cultura y su considerada existencia, ni siquiera estigmatizar a toda esta valorada etnia. Lo que intento es tomar modismos que se utilizan en nuestra bendita América Latina para narrar historias de nuestra realidad.

Demás está decir, que algunos lugares e Instituciones existen en la realidad, pero que en su mayoría, así como los personajes, sus nombres, y sus historias pertenecen a la pura fábula del autor.

Por último, debo sumarme al pensamiento de Victoria Camps –filósofa española- al expresar: "Siempre la ética estará en crisis, porque si no lo está es que somos demasiado autocomplacientes y pensamos que se han realizado todos los ideales, lo cual sería lo más negativo que nos podría ocurrir…"

Horacio Marcelo Canteros

www.hmcanteros.com.ar

Capítulo 1

Luego de acomodar algunas cosas en el pequeño escritorio de madera, además de verificar los elementos necesarios para emprender su primer día de trabajo, y con el nerviosismo propio que caracteriza todo nuevo desafío laboral, camina lentamente hacia la ventana, que aunque pequeña, le ilustra al solo acercarse, la majestuosa vista del Lago Traful.

Ubicado en la franja de reserva natural, forma parte del Parque Nacional Nahuel Huapi, en las cordilleras de los Andes, enclavada en la zona turística denominada Patagonia de los Lagos, a 404 kilómetros de la Ciudad de Neuquén.

Ese espejo de agua, que refracta el cielo sin nubes, se mixtura con la intacta naturaleza patagónica, que adicionado a las gamas de verdes que derrama a su paso la imponente Cordillera de los Andes, brinda un apoteótico modelo del paraíso terrenal.

Los amplios y diseminados cerros andinos, las estalactitas en la gruta de la Virgen, se entrelazan con las flores silvestres y los no tan diminutos helechos, decorando el escenario, cortejado de luminosidad y aire puro, un lugar envidiable para trabajar en el mundo.

Mientras se toma unos minutos para impregnarse del hermoso lugar, su pérfida memoria como un tortuoso inquisidor, le advierte de las sinuosas consecuencias de su reciente historia personal.

-Es cierto… sentenció en voz alta, como contestando a la advertencia recibida.

Muchos daríamos la mitad de lo que no tenemos aún, para emprender una odisea de trabajar en un lugar maravilloso bendecido por el Creador, rodeado de lo mejor de la naturaleza, montañas, lagos, flores, vegetación, aire puro.

Pero para José María, si bien esta bendición caída del cielo le allana su ser más intimo en agradecimiento, algo le retiene por completo del total disfrute.

Cuando empieza a rememorar los motivos que lo llevaron al Sur del Continente, el ruido de la puerta y las voces discordantes de los alumnos que ingresan al pequeño salón de clases, hace que vuelva a sus nuevas responsabilidades laborales y emprenda desde ese día, su nuevo trabajo.

Detrás de aquellos púberes, ingresa una mujer de mediana estatura, con un delantal a cuadros de color rojo y blanco, que por su forma de entrar, demuestra algún grado de autoridad sobre los chicos, que de inmediato hacen silencio.

-Buenos días... Con voz suave inquirió Liliana a los alumnos, que ya estaban sentados en sus pupitres, mirando al nuevo maestro.

-Hoy, con todo gusto, les voy a presentar a su nuevo maestro.

Los estudiantes, de unos once a catorce años de edad, asistirían al sexto grado de la educación primaria en cualquier escuela pública o privada del país, pero en esa escuela en particular, la gama de estudiante abarca casi todos los grados de la primaria.

En la mayoría de los establecimientos educativos rurales, existen educandos que empiezan su formación en el momento que sus padres pueden acercarlos, o en el momento que ellos mismos pueden recorrer inmensos kilómetros para lograr el gran anhelo de aprender y no literalmente cuando debe ser admitidos según su edad.

Precisamente, José debe educar a chicos de 11 a 14 años, pero de diferentes grados de aprendizajes.

La directora del establecimiento, les comenta a los alumnos, que su nuevo maestro ha venido de muy lejos:

-Viene de un lugar muy especial para todos nosotros...

Hace una pausa, observando la ansiedad de aquellos rostros por saber más de su nuevo maestro.

Prosigue en su discurso Liliana:

-¿Se acuerdan chicos, que pasó el 20 de Junio en la Escuela...?

Uno de los alumnos, quizás el más extrovertido de todos, se para de inmediato y contesta:

-¡Festejamos el día de la Bandera, Señorita...!

-¡Muy bien...!!! Sentencia la directora, como dando importancia al comentario del alumno que se había animado a responder.

En realidad, lo que Liliana estaba tratando de hacer, era crear un escenario de interés para los chicos, a fin de que el nuevo maestro encuentre un ambiente más agradable en su nuevo trabajo.

-Bueno alumnos, el Maestro José María, viene del lugar en donde fue izada por primera vez nuestra Bandera Nacional. ¿Alguien me puede decir en qué lugar de esta enorme y hermosa Argentina fue izada por primera vez nuestra Bandera?

Como si fuera un grito sublime, todos responden a la vez aquel lugar:

-¡Rosario...!

Hasta ese momento, el nuevo maestro solo se dedicaba a contemplar el rostro de cada uno de los niños, como una forma de retener en su memoria las primeras impresiones de aquellos seres que le acompañaran en el futuro cercano. Pero al momento de escuchar el nombre de esa Ciudad, le conmovió al extremo, que unos niños de tan corta edad, a miles de kilómetros de distancia, demuestren ese sentido de patriotismo y de pertenencia al sentir nacional.

Claro, piensa José María, -para alguien que ha nacido y ha pasado la mayor parte de su vida cerca de la Fontana de Trevi, de la capital italiana, encontrará ese monumento que marca el final del Aqua Virgo, como parte integrante de su rutina diaria, desaprovechando la importancia relativa de su existencia. Pero para los turistas, recrearse del espectáculo diseñado por Salvi, lo imaginan como un homenaje al agua y a la vida.

Eso mismo quizás suceda con los Rosarinos. El hecho de pasar todos los días por la Avenida Belgrano, donde se erige el Monumento Nacional a la Bandera, ese monumento con forma de barco, que mira impetuosamente al Río Paraná, como queriendo navegar a cualquier precio, es imperceptible y rutinario para los que nacieron y se criaron muy cerca de ella.

Pero era evidente que para esos chicos, Rosario representaba algo más que una Ciudad que mira al Río, o ser un semillero de virtuosos artistas de la música, del arte, o del deporte.

Rosario, representa para los argentinos, ese aire de libertad, de pertenencia, representa el sentido místico de sentirse parte de un país, tan necesitados de valores y de patriotismos.

-¿Por qué será que cuando hemos vivimos en grandes Ciudades, perdemos esa capacidad de maravillarnos de lo poco?; ¿será posible que el hecho de vivir casi sin tiempo, haga que perdamos el sentido patriótico, de que no valoremos los detalles más sublime de nuestra historia, de nuestra Patria, de nuestra Nación, en definitiva de nosotros mismos? Se preguntaba José María, mientras admiraba con cierta envidia, ese sentimiento que se percibía en el pequeño salón de clases.

Si él, que era Rosarino de nacimiento, nunca sintió ese sentido de pertenencia, pese a amar a la Ciudad, a sus avenidas, a sus parques, a ese Rio caudaloso, y por qué no, a la pasión que entraña esa dicotomía absolutista de Newels o Central en la capital del futbol.

-¿Cómo no amar la Ciudad que vio nacer y jugar a valores del fútbol como Batistuta, a Aldo Pedro Poy, al Patón Bauza, al Chacho Coudet, al Tata Martino, a Lavezzi, Di María, Maxi Rodriguez, Heinze, Abondanzieri, Chelo Delgado, Schiavi o al propio Lionel Messi?

¿Cómo no admirar a Lucha Aimar, líder indiscutida de las Leonas en Jockey femenino?, ¿o a músicos rosarinos, como Fito Paez, Baglietto, Abonizio, Fandermole, Lalo de los Santos, Los Vilma Palma, entre tantos otros; o esos conciertos al aire libre en la Avenida Belgrano dirigida por Cristian Hernández Larguía?

Ciudad de poetas, periodistas, artistas, visionarios...

¿Cómo no reconocerse rosarino al leer a Fontanarrosa, o acordarse de las representaciones televisivas del Negro Olmedo?

Claro, nadie valora las cosas que tiene a su alrededor hasta que un gran día, esas cosas se esfuman de su universo, y es allí donde lo perdido se cala en sus almas de manera dolorosa.

Rosario, hasta el día que obligatoriamente tuvo que abandonarlo, representaba una Ciudad hermosa, cultural y ediliciamente, pero no encarnaba el sentido patriótico que estos chicos hoy les están enseñando.

Cuando regresa su mirada semi húmeda a esos rostros maravillados por la Ciudad del Futbol y de la Bandera, se materializa el instante en que José María suelta una enorme sonrisa, que es secundado con fuertes aplausos, coronándose una extraordinaria simbiosis entre directora, nuevo maestro y educandos.

Lo que los chicos y la directora no saben, es que José María nunca ha estado al frente de un aula. Es más, nunca había sido maestro de escuela, y que ese día, con esos chicos, a miles de kilómetros de distancia de su Ciudad natal, emprendía un escape de un mundo plagado de sinsabores, miedos, amenazas, ansiedades, buscando un nuevo universo que hasta el momento le sonreía de manera angelical.

En esa mañana a orillas del Lago Traful, José María aprendió más de sus alumnos, que el conocimiento que él les pudiera transmitir como maestro.

Las horas fueron pasando presurosas, y en breve ya se encontraba con la culminación exitosa de su primer día como Maestro de escuela.

Al terminar la jornada, y previo a la formación y despedida grupal en el patio de la escuela, lo chicos abandonan las aulas y con ello sobreviene de nuevo el vacío.

Liliana, se acerca y le pregunta: -¿Ha salido todo bien?

-Excelente... los chicos son muy agradables y muy respetuosos, valores muy escasos en estos días...

-Es cierto... contestó Liliana esbozando una sonrisa y sintiéndose orgullosa de aquellos niños que estaban en su escuelita.

Luego de varios comentarios sobre los niños, sus padres, sobre el lugar donde está la escuela, sobre los horarios de clases y otros datos de la escuela, se produce un breve silencio.

-¿Dónde está quedándose?

-Mira, estoy en el Hotel de la Ruta 65 creo...

-¿La Gruta de las Vírgenes?

-No, creo que tiene otro nombre...

-¿Marinos...?

-Sí... Marinos Puerto Traful...

-No está tan lejos...

-Sí, me ha encantado, por lo que podré ir y venir caminando.

-¿Quiere que lo acompañe a su regreso, así caminamos y charlamos un poquito...?

-Claro... me encantaría.

-Vamos entonces...

Luego de unos minutos de caminata, se rompe el silencio meditabundo de ambos y comienza el diálogo que José María esperaba no tener.

-¿Me permites que te tutee?

-Claro, me encantaría que lo hicieras...

-Se que considerarás un poco impertinente esta acotación, pero es evidente que es tu primera vez como Maestro. ¿Me equivoco?

-¿Tan evidente fue esa primera impresión?

-Los chicos quizás no lo perciban, por esa sensación de novedad y de ansiedad que provoca un nuevo Maestro, pero… hizo una pausa prolongada.

-¿Pero qué…?

-Verás… una docente de años de experiencia, sabe cuando una persona no ha estado frente a un aula, pues a todos nos ha tocado alguna vez estar en esa situación.

Siguen caminando, cuando José María, luego de pensar su respuesta, decide contestar suavemente.

-Sí Liliana, es cierto, es mi primera vez frente a chicos de esa edad. Respira hondo… Perdón, me corrijo, es la primera vez como docente.

-No ha sido tan doloroso, ¿cierto…?

Ambos sonríen, mientras siguen caminando en dirección al Hostal por esa ruta en bajada hacia el Pueblo.

-¿Hay alguna información que quizás deba saber?, recuerda José María que soy la responsable de la educación, de la integridad y la seguridad de todos esos chicos.

-Es una larga historia, Liliana.

-También es largo el camino y tiempo disponible para prestar toda la atención posible.

-¿Qué información tienes de mí?

-La verdad, muy poca. Sólo sé que el Viceministro de Educación de la Provincia es conocido mío. Fuimos compañeros de estudios, cuando cursábamos magisterio, tenemos cierta confianza, de esas que sobreviven con el transcurso de los años, cierto es que aunque no estemos permanentemente en contacto, la caída de las hojas del almanaque nos ha dado un grado de amistad perdurable.

Continúan caminando mirando a ambos lados del camino.

-Él fue quien me requirió como un favor especial, darte el lugar en la escuela y ayudarte en todo lo que pueda, para que logres desarrollar la tarea como docente.

-Pero…

-Perdona si te soy sincera...

Hace una pausa... -Sé que vienes de Rosario, que tienes estudios como para desenvolverte frente al aula, pero me extraña el cambio de estar en una bonita y enorme Ciudad como es Rosario, a un pueblo que aunque bonito aún, no completa las expectativas de alguien habituado a la Cuna de la Bandera.

José María, baja su mirada, su caminar se hace lento, mientras su pensamiento se funde en un ir y venir tratando de dilucidar la manera correcta de explicarle a su Jefa, lo que en verdad le sucede.

-La otra cosa que me parece llamativo, es que hubieras venido solo, toda vez que me comentaron que estabas casado y con una hija.

José María mira a la directora, mientras detienen por un momento el paso hacia el Hostel, en la que Liliana le corresponde con mucha atención, como esperando alguna información extra que calme las dudas reticentes.

En esos cruces de miradas se pueden conjeturar unas lágrimas furtivas, que recorren las mejillas del nuevo maestro, enjuagando los ojos rojos impregnados de soledad y vacío, empujando el dialogo a un estado de tristeza absoluta.

-Perdona... ¿he dicho algo malo? ¿Ha habido algún problema con tu familia?

-Esa es la causa de mi estadía aquí... Liliana.

-No entiendo, realmente ¿cuál es el inconveniente...?

Respira profundamente por unos largos segundo, previo a dar la respuesta que la directora estaba aguardando.

-Una sola pregunta...

-¿Cuál...?

-¿Yo... Jíbaro?

Capítulo 2

Ya fugada aquella inexpugnable pregunta de su boca, consulta que debiera estar bajo siete llaves en el fondo del universo, su mente se dispara recordando lo que sucedió dos semanas antes.

Se escucha la fuerte frenada de por los menos tres autos, muy cerca de la acera adyacente a la ventana de la habitación que da a la calle donde se encontraba durmiendo junto a Patricia.

Luego se escucha la rotura de algunos vidrios del frente, y unos segundos después se percibe similares ruidos en las ventanas de la cocina, situada en el fondo de la vivienda, mientras un coro de ladridos de perros adorna musicalmente el ambiente.

El terror inundó la habitación, acrecentado por los gritos de Patricia y la necesidad urgente de salir a buscar a Paula, la nena de seis años que estaba durmiendo en la habitación contigua.

Cuando intentaron pararse para ver el estado de la niña, ya era demasiado tarde.

Un grupo de ocho personas, encapuchadas, y con armas en las manos irrumpieron en la habitación donde estaban José María y su esposa.

Se escucha los gritos de susto y pedido de auxilio de Paula, gritos que fueron silenciados presumiblemente por un pañuelo o una almohada por parte de algunos de los intrusos.

Las exclamaciones del matrimonio se extendieron, en la desesperación ante tanta incertidumbre por el estado de salud física y emocional de su hija amada.

Se escucha que la puerta que da a la calle es abierta del lado de adentro, sintiéndose el destrabe de los pasadores que por seguridad sostenían la puerta principal.

Unos segundo más tarde, irrumpe en la habitación un noveno integrante portando una linterna de fuerte potencia, que apuntando a la pareja y en la opacidad de la noche los enceguece.

De inmediato da órdenes precisas con leve movimiento de manos, para que le vuelvan a tapar la boca a Patricia, que seguía gritando; orden que es llevada a cabo diligentemente por un lugarteniente con una sábana que estaba en el piso.

Rodea la cama por el lado derecho, donde se encontraba durmiendo José María, sin dejar de alumbrar los rostros aterrorizados del matrimonio.

Uno de los integrantes entra en forma despiadada en la habitación, trayendo consigo a Paula, la entrega a su madre, quien la recibe con desesperación.

Patricia, al ser sostenida fuertemente y al ver que su hija estaba bien en su regazo, no encuentra más remedio que parar de gritar e intentar calmarse, abrazando fuertemente a ese pedazo de vida que han traído al mundo.

El estupor, desconcierto, miedo y terror, paralizó a José María, que solo atinaba a abrazar a su esposa y a su hija, hablándoles con voz muy suave, y repitiendo varias veces:

- Todo estará bien...

El supuesto Jefe de los intrusos, entrega la linterna a unos de sus colaboradores. Levanta una silla de madera que estaba a unos metros del extremo de la cama con camisas y ropas para planchar, muy lentamente deja las ropas sobre un mueble de madera que contenía varios cajones y un espejo en su parte superior, la aproxima, se sienta en ella, acercando lo más posible su rostro al de José María.

Se notaba el profesionalismo en el manejo de la situación por parte de estas personas, que en poco tiempo habían penetrado el perímetro de la casa, tomado prisionera a la beba, y además cautivaron dolosamente al matrimonio en la habitación.

-¡No tenemos dinero en la casa...!!! ¡Pueden llevarse todo...!!! Por favor, no toquen a mi esposa y a mi hija...!!!!

La consternación se fue acrecentando, cuando el Jefe, acercaba más su rostro poco a poco sin decir palabra, como observando y disfrutando de la desesperación humana.

De repente se escucha una voz, sórdida, típica de un ser humano que ha fumado toda su vida...

-¿No sabes por qué estamos aquí?

-No, la verdad no entiendo, no tenemos dinero, y...

Es interrumpido por el Jefe, que le hace señas con el dedo índice apuntando hacia arriba cerca de su boca, como en las fotografías de los hospitales, para que hiciera silencio.

En ese momento, José María logra reconocer al sujeto que estaba liderando la intromisión de su vivienda.

Esa persona no tenía capuchas, ni pasa montañas, notándose de lejos la elegancia y calidad en su ropa, lo costoso de su perfume y ese reloj de oro que brillaba en la penumbra, cada vez que movía su mano.

Claro, se dijo al reconocer a esta persona. -Era Don Anbur, empresario y millonario de la zona norte de Rosario, que José María en su trabajo de conductor de remise, supo conocer al transportar un pasajero a su domicilio en el barrio La Florida, ubicado sobre la barranca del Río Paraná, en reiteradas oportunidades.

Las malas lenguas contaban, que su fortuna no provenía de negocios lícitos, aunque administraba empresas prestigiosas de construcciones, de transporte de pasajeros de larga distancias y otros negocios financieros.

Lo que le extrañaba a José María, era ¿por qué una persona tan importante y adinerada, se acercaba a un pobre conductor de remise, en las profundidades de la noche y con un ejército de personas armadas?

Se sabía que don Anbur, era extranjero, no se conocía su nacionalidad, quizás centroamericana por su tono al hablar, pero poco se conocía de su historia personal. También era cierto que nadie se atrevía a preguntar, por lo que todo quedaba en profuso secreto.

El nombre con que se conocía en el mundo de los negocios era de Don Anbur, quizás por su verdadero nombre... Antonio Burdeos Carrión.

Hombre de mirada cristalina por esos ojos azules profundos, su piel blanca como la nieve, pese a estar siempre a pleno sol rosarino, su peinado a la gomina de color ceniza, y ese metro noventa de estatura, que hacía temer a cualquiera que quisiera entablar conversación con él.

Ese personaje, con todo lo que representaba en importancia de dinero y respeto, había violado la vivienda de un pobre conductor de remise, situado en la zona humilde del sur rosarino, aterrorizando a una familia inocente que nada tenía que ver con sus actividades o negocios; bueno al menos eso creía José María.

-¿Así que no sabes por qué estamos aquí? Vuelve a repetir ese caballero.

-No, la verdad que no Don Anbur...

-Bueno, al menos ya me reconoces...

-¿No entiendo por qué todo esto...?

-¿Tu Jefe, era Cesar Caisedo Moreno?

-¿Cesar...? Ah, don Cesar... Sí regularmente me contrataba todo el día para que lo conduzca a todas partes cuando estaba en Rosario.

Respira unos instantes, y prosigue...

-Pero no era mi Jefe, ocasionalmente cuando visitaba Rosario, me llamaba para que lo lleve a distintas partes.

Don Anbur lo miraba fijamente, tratando de percibir hasta el menor movimiento de sus ojos, como si fuera un detector de mentiras humano.

-¿Tú conoces todos los contactos de Cesar?.

-No, señor mire…

Rápidamente, vuelve a mostrar el dedo índice levantado, en señal de silencio.

-Hoy, Cesar, apareció muerto, tirado sobre la ladera de la autopista a Buenos Aires, a la altura de Alvear, y según me informan, el motivo de ese brutal asesinato era la de obtener la ruta del negocio.

-¿Ruta del negocio…?

Solamente al ver esos ojos azules clavándolos en su cara, toda pregunta adicional fue suprimida al instante.

Don Anbur, mira a Patricia, mira a la nena, hace lentamente un paneo por la casa familiar, mira el piso, el techo de la habitación, los muebles, la ventana, la ropa arrumada en los muebles, volviendo nuevamente sobre José María.

-No creo que tú seas el responsable… aunque…

-¿Qué sea qué?

-El que mató a César por su ruta…

El silencio fue más profundo en la habitación

-Sabes, él era mi sobrino…

Hace una pausa, mira nuevamente a Patricia, como intentando buscar una salida a la situación.

-Tienes una bonita familia…

Cuando José María intenta decir algo, él insiste en que no le interrumpa, clavándole la mirada azul profunda del hielo antártico.

-Cuando tienes mucho dinero, poder, gente a tu disposición, empleados, Jueces, Policías, y lujos… te das cuenta que de nada sirve si no tienes con quien disfrutarlo…

Se para, camina hacia la ventana, deslizando apenas la cortina de tul blanca y volados en los extremos, mira hacia afuera, observando los vehículos apostados en el frente, y la vacía calle del sur rosarino.

-Vamos a hacer algo...

José María da su conformidad con leve movimiento de la cabeza.

-Tienes una hermosa familia, pero la tienes muy descuidada, puedes tenerla mejor.

Camina nuevamente hacia la silla en la que antes estaba sentado, la arrima aún más y acomoda su cuerpo para poder entablar algún tipo de diálogo.

Espera unos segundos y continúa...

-Mira conductor de remise, tienes tres opciones para tu vida y la de tu familia y sólo treinta días para pensarlo...!

Nadie en la habitación movía un músculo, aumentando el silencio profuso de la penumbra.

-Opción uno, desapareces de la faz de la tierra, junto con tu familia, constatando de esa manera que tu intención no fue la de quedarte con la ruta de mi sobrino y que no tuviste nada que ver en su desaparición y asesinato.

Acerca su rostro y su mirada...

-Si dentro de treinta días no sabemos nada de ti, ni de tu familia, sabremos que opción has elegido.

José María, con desesperación intentaba concentrarse en lo que le estaba escuchando.

-Pero, si eso no sucede, y si por casualidad te vemos dando vueltas por Rosario o por la zona, es que has elegido la opción dos.

José María intentaba infructuosamente averiguar cuál era esa segunda opción, pero sabía que pronto se lo explicaría de manera expresa, por lo que decidió no esbozar palabras.

-Si me entero que estás en Rosario y además trabajando para otros, no quedará vivo ni tu esposa, ni tu hija, ni tus padres, hermanos, amigos, compañeros del colegio, ni el Kiosquero que te vende el diario el domingo. Cualquier persona que conozcas desaparecerá de este mundo.

¿Lo entiendes?

José María, con los ojos llenos de lágrimas y el dolor por la posible desaparición forzada de su familia, amigos, conocidos... se cuestiona ¿Cómo actuar ante tal amenaza?, ¿qué hacer ante tal situación límite?; estaba paralizado.

-La tercera de las opciones que te ofrezco, y créeme si te digo que es la más recomendable, consiste en la de ocupar el lugar que quedó vacante...

No tendrás problemas económicos, tu familia vivirá una vida con todas sus necesidades cubiertas, con vacaciones en el exterior, la mejor educación, las mejores ropas, los mejores sanatorios de salud, los mejores vehículos, casas, autos, en fin... todo aquello que da el poder y el dinero.

-¿Cómo?

-Me venderás tu vida, tu alma y la de tu familia, claro.

Después de un respiro, concluyó.

-Tú conoces casi todos los movimientos de mi sobrino. Solo debes presentarte con mi anuencia y ocuparás su ruta.

-¿No entiendo?, ¿qué ruta?

-Así que no entiendes...

Se acerca lentamente para hablar al oído de José María, evitando que Patricia pueda escucharlo.

-Serás mi Jíbaro...!

Capítulo 3

El desconcierto de Liliana rápidamente se hizo notar en ese silencio interminable y en aquella mirada dilapidada en el infinito de su interlocutor, esperando que de inmediato esa pregunta deba ser respondida de alguna forma, como si fuera un paciente que espera de su médico la información sobre los últimos análisis bioquímicos.

José María reconoce que no puede responderle, ya que por un lado la información que recibiría supondría el inmediato cese en su nuevo trabajo, y por el otro implicaba el esfuerzo de relatar, resumir, explicar su fábula, esa historia que le había conducido hacia las orillas del Lago Traful.

El silencio se prolongaba más de lo necesario, no habiendo respuestas por un lado y más suspenso por el otro.

-¿No puedes o no quieres contarme...?

- Me gustaría poder contarte, pero la verdad...

Se hace otro silencio, Liliana entiende que aún no es el momento oportuno, a su tiempo y a su manera confiará en ella comentándole lo que deba saber.

-No te preocupes José María, entiendo que estás en una difícil situación, de lo contrario no estaría tan lejos de tu lugar.

Él asiente moviendo su cabeza, bajando la vista con profunda tristeza y nostalgia.

Liliana cambia el tema de conversación, como dándole un salida elegante a la penosa situación, explicándole algunos detalles del lugar que estaban visualizando, como el nombre de las familias habitan en el pueblo, la actividades que realizan cada una de ellas, el nombre de algunas calles, de las montañas que forman parte de tan esplendoroso lugar y hasta el nombre del un perro callejero que diariamente la recibe y la acompaña hacia la puerta de su casa: Lázaro

-A veces siento que a estos animales solamente les hace falta hablar, ya que con su mirada y sus actitudes demuestran más humanidad que muchos de nosotros.

-Uy por Dios... que cierto es eso...

Detienen su caminata, mientras Liliana acaricia aquel perro ovejero alemán, de pelo negro en su lomo y ese rubio dorado en su parte inferior.

-¿Por qué se llama Lázaro?

-Bueno, según me comentaron, cierta vez sus dueños lo abandonaron cuando estaban de vacaciones, evidentemente no vivían por aquí. El perrito, sin afecto de sus dueños, sin comida y con el dolor que provoca la sensación de abandono, enfermó terriblemente, hasta el punto de estar en juego su vida. Entre los vecinos lo llevaron de urgencia al veterinario y estuvo allí internado casi sesenta días, hasta que poco a poco se fue recuperando para ponerse como lo ves ahora, rozagante. Por ese suceso le empezaron a llamar Lázaro.

-Terrible historia, que muy a menudo se repite.

-Sí, lamentablemente. A veces me cuestiono, ¿por las personas se comprometen a mantener mascotas, si a la primera de cambios, o de incomodidad, toman el camino más fácil: dejarlos en la vía?

-¿Quién es el dueño ahora?

-Ese es el tema interesante, nadie es el dueño y todos lo somos.

-¿Cómo es eso?

-Sí lo que oíste. Eso es lo interesante de la historia. Vive en la calle, todos lo queremos, todos colaboramos con su comida y manutención, pero nadie se apropió de él. Como la canción de Alberto Cortes, "Era callejero, por derecho propio...".

Lázaro, siente la obligación de acompañar a las personas que cree que son vulnerables, como mujeres, niños, ancianos...

-¿Siempre hace eso, lo de acompañar hasta la casa, como a ti, ahora?

-Sí... Pero no lo hace por comida, o por alguna recompensa en particular, sino por algo que los seres humanos aún no entendemos, o no queremos entender, como es el respeto por la vida humana y el agradecimiento eterno por quienes le ayudaron en momento de dolor.

Esas palabras sonaron muy fuerte, como puñaladas en el centro del alma.

Estaba en esa situación, en la que necesitaba ayuda urgente y en ese lugar alejado de su Rosario natal paradójicamente lo estaba recibiendo.

Llegaron al hostal donde se estaba quedado José María, se despidieron hasta la mañana siguiente.

Liliana junto a Lázaro continuó su camino.

Mientras seguía caminando, la duda se iba acrecentando.

-¿Que es Jíbaro?, ¿por qué la importancia de ese: "Yo, Jíbaro..."? ¿Qué significado supondría para José María esa pregunta tan peculiar?

Lo cierto es que José María le cayó muy bien, tanto su personalidad, como su educación para hablar lo justo y lo necesario, así como su presentación, postura y sobre todo la forma como interactuó con los alumnos, si bien sabía que era la primera vez como docente, lo hizo muy bien.

-Pero, ¿Qué será eso de Jíbaro?, ¿Qué historia tan apremiante puede tener para no estar con su esposa e hija?

Siempre que las preguntas no se responden a tiempo, se agrandan en la mente y llega al corazón, y cuando se alojan allí ya no tiene manera de obtener respuesta lógicas o valederas, pues cuando el corazón manda, todo lo demás queda supeditado ante tal majestad, pensaba Liliana.

-¿Jíbaro?

Capítulo 4

José María Iriarte, aunque naciera, creciera y se educara en Rosario, no siempre vivió allí.

Su vida transcurrió sin mayores sobresaltos hasta la culminación de sus estudios secundarios de Perito Mercantil, en aquel Colegio de la calle Pascual Rosas al 800.

Fue en esos años donde tuvo su primer trabajo formal, considerado en aquella época, unos de los trabajos más codiciados: ser empleado bancario.

Se decía que ser un bancario, era un premio y un logro sustancial, ya que se consideraba como de los mejores trabajos posible.

En esos tiempos el hecho de desarrollar tareas laborales en una entidad financiera, era correspondido con un muy buen ingreso salarial, además suministraba cierto prestigio y seguridad laboral, por lo que esa posición era codiciada por todos los trabajadores que querían ostentar tal pretensión.

José María, con diecinueve años y todas las expectativas y anhelos en mente, tuvo en el Banco de la Nación Argentina, la entidad que le abriera sus brazos no sólo un lugar a nivel laboral, sino una institución que le brindó herramientas para culminar su formación académica con título Oficial de Nivel Terciario, en la especialidad de Analista Bancario. Posteriormente, ese título terciario le habilitaría a ser maestro de escuela en ese hermoso pueblo de la Patagonia.

Primeramente ingresó como cajero en la casa Central, enclavada en los cruces de las dos peatonales del micro centro de la Ciudad.

Luego de varios meses de cajero en la Sede Central, fue trasladado a la sucursal Alberdi, ubicada en la calle del mismo nombre, al norte de Rosario.

Siempre recuerda, que ese traslado obligatorio y coercitivo, en un principio fue resistido por la forma compulsiva de implementarse, pero al transcurrir los días fue unas de las mejores tareas que el Banco le pudo encomendar, ya que desarrollar tareas en esa sucursal bancaria le permitió conocer a su futura esposa y el amor de su vida, quien también era empleada del Banco.

Al poco tiempo de trabajar en esa sucursal, no tardó en darse cuenta que Patricia Hana, una mujer de su misma edad, descendiente de familia libanés, le robaría para siempre su corazón.

Verla llegar, elegante, con ese uniforme ceñido al cuerpo, esos ojos de forma almendrada, su piel tirando a aceituna clara y los largos risos oscuros, que al darse vuelta para contestar cualquier pregunta que adrede le hiciera José María en las líneas de caja, únicamente para poder mirarla, expresaba unos inexplicables sentimientos que recorrían su estomago y se alojaba en ese corazón a punto de extinguirse de emoción.

Esa atracción se potenció el día en que Patricia lo invitó al Centro Libanés, junto a los demás compañeros de trabajo, para presenciar bailes folclóricos en la que participaba y en donde en su extremo esplendor aquella mujer desplegaba su arte ancestral de los velos, faldas bordadas, así como la cuidada y profesionalmente lograda sensualidad de los bailes árabes.

Si bien Patricia no usaba el Hiyab (velo Islámico), ya que su profesión de Fe católica no la obligaba hacerlo, habitualmente lo utilizaba en ocasiones especiales en el Centro Cultural, intentando honrar respetuosamente la cultura de sus antepasados y valorar de esa manera su presente.

Fue en esa ocasión que el corazón de José María tuvo dueña para siempre.

También ayudó el hecho que Patricia, siempre se sintió atraída por José María. Un hombre delgado, elegante para vestir, caminar y sobre todo muy educado al comportarse no solo en el ámbito laboral.

Asimismo, ella asiente que no fueron sus ojos marrones claros, ni ese pelo prolijamente cortado y siempre bien peinado lo que la enamoró perdidamente, sino el valor por la familia que José María siempre demostraba, el respeto por los padres, y el hecho de priorizar cualquier decisión en cuyo centro neurálgico universal, fuera precisamente la familia.

Ese amor y respeto por la familia, recibido por la educación y ejemplo de sus padres, fue lo que los acopló, quizás para toda la eternidad.

Unos años más tarde estaban unidos no solo por el amor que se profesaban como esposos, sino por un objetivo común que les robaba todos los sueños: un hijo.

Los días, los meses y hasta años iban pasando, viendo como el calendario corría de manera imperturbable sin poder obtener ese sueño, representado por la posibilidad de coronar la extensión de la vida.

Muchas personas allegadas, amigos, conocidos y hasta compañeros de trabajo, apenas se acercaban a la idea de sentir el dolor y sufrimiento que pasan las parejas en tales circunstancias.

Ciertamente no existen formas, palabras y métodos de alivio para el desconsuelo que genera el suceso de la no prolongación de la familia.

Algunos amigos con poco tacto le expresaban desafortunadas palabras de aliento como:

-No te pierdes nada... los hijos solo dan problemas...

O por ejemplo:

-No te conviene, el embarazo hace que te vuelvas gorda, torpe, con nauseas horribles, cansancio malestar, te vuelvas fea...

-No, definitivamente ya no tienes vida propia con ellos...

Objeciones, que la amada pareja se contestaba en privado esgrimiendo... "Bendito sufrimiento, cansancio, problemas, malestar...".

Claro, aquellas parejas que con facilidad han tenido la oportunidad de engendrar a sus hijos, no entienden a aquellas que anhelan en su ser más intimo traer un hijo al mundo, amarlos, verlos crecer, suspirar con sus travesuras, trasnocharse cuando están enfermos...

Ver a otras parejas hacerlo y ellos no... duele.

Serio sentimiento de envidia, que raya a la locura, al ver embarazadas en la calle, en el colectivo, o pasar por negocios de venta de ropa de bebes o de juguetes, ver o asistir a una fiesta infantil, imaginar su posible habitación, divagar con los colores de sus sábanas, o ver aquellos niños que deambulan por la calle, en donde no se vislumbra figuras paternas que los eduque.

Se agrava la situación cuando se adiciona aquella pregunta indiscreta:

-¿No tienen hijos...?

-¿Para cuándo...?

Los ácidos comentarios de las abuelas exhortando quizás con:

-Se te va a pasar el arroz, nena...!!!

-¿Todas quedan embarazadas, menos tú...?

Una vez Patricia le comentó a su amiga, que ese dolor de pareja, es similar a cuando te enamoras y te dejan por otra persona, ese vacío que sientes es análogo a la necesidad absoluta de tener ese hijo anhelado.

Y claro, vienen las preguntas, como ¿por qué a nosotros?, si somos aparentemente buenos, ¿por qué no podemos tenerlos?

Ante este incendio que representa el dolor de la ausencia de ese ser, el bombero que intenta apagarlo, generalmente encarnado por familiares, amigos y conocidos, descargan baterías de consejos que a la carta le exponen para todos los gustos, como: tranquilizarse, dejar de trabajar, ir de vacaciones, consejos sobre el acto sexual, recetas mitológicas de fecundación, comidas que potencian poder de procreación, etc.

Lo cierto es que, tanto Patricia como José María, estaban insertos en este dilema existencial, e intentaban todo método, forma, receta, oraciones y hasta compuestos químicos que le acercaban para lograr su anhelado sueño.

Cuando la feliz pareja recién se unió en matrimonio imaginaban que sería muy fácil tener su primer hijo…

Cuando pasó el primer mes de intentarlo, se motivaban diciendo, ese bebé nos estará esperando…

Posteriormente: -bueno, la media es de seis meses a un año. Esperemos…

Pasado dos años. luego de intentar todo lo conocido y lo recomendado, vino la fase de los exámenes médicos.

Exámenes dolorosos, no por el dolor físico que despliega en ellos, sino por el hecho posible de que un frío e imperturbable papel, sentencie de manera altiva, que tú no eres digno de poder engendrar un hijo.

Es como si un examen esbozado en un papel, decretara que la genética humana está permitido engendrar para todo el mundo, menos para ti.

Pero el problema era aún mayor.

Les hubiera aplacado el hecho de saber por ejemplo, que han encontrado el problema para tratarlo, como problemas de hormonas, trompas de Falopio obstruidas, baja o poca calidad de semen, en fin, algo que pueda tratarse para acortar esa incertidumbre.

Lejos de encontrar algún inconveniente físico a tratar en ambos, los exámenes resultaron perfectos, por lo que a rigor científico no habría problemas de concepción.

Pasaron otros dos años, y ya la relación empezaba a resquebrajarse, quizás por el hecho de culpas compartidas, o por el dolor no expresado, o quizás la falta de realización que ambos sentían como pareja.

Ya para ese tiempo, José María era ascendido a Tesorero del Banco, ascenso que representa un ingreso superior en dinero, y la posibilidad de trasladarse de sucursal.

Esa noche, la pareja toma la decisión de no dejarse abatir ante las circunstancias, e intentar por todos los medios de seguir defendiendo la familia, y con ello, seguir intentando el sueño compartido, el hijo anhelado, protegiendo a ese amado matrimonio.

Luego de mucho dialogar, esa noche, en la que ascendieron a José María en su puesto de trabajo, empezaron a gestarse decisiones importantes.

-Son estos los momentos en que debemos luchar y seguir adelante Patri...

Otros días, era ella la que intentaba que el velamen de esa embarcación que navegaba al infinito se alineara hacia el viento a favor de proa.

Cierta vez, Patricia le comenta:

-José, quizás sea el momento de dejar el trabajo por mi parte, relajarnos y dedicarme exclusivamente a nuestro objetivo compartido. El tiempo, como inquisidor insaciable, pronto hará mella en nuestra pareja, probablemente para ese momento ya sea tarde.

Mira, aprovechando que tienes un ingreso extra, que el ingreso de mi trabajo no es tan necesario por ahora, sería conveniente que analicemos esta posibilidad...

Si bien a José María le inquietaba la situación económica siempre cambiante en el país, y para no desatar frentes de tormentas colaterales, se dispuso a olvidarse de sus dudas económicas, afirmando...

-Estoy de acuerdo Patri... miremos para delante...

Con todas las ganas del mundo, ambos coligieron en buscar especialistas para que los ayuden.

No importaba las corridas a los centros de análisis, ni a las clínicas, ni los trámites burocráticos de las obras sociales, ni mucho menos el dinero adicional que habría de abonar para esos costosos tratamientos.

El objetivo lo valía.

A los siete meses de empezar el tratamiento de fecundación asistida, luego de muchas salas de espera, de sanatorios privados especializados en fecundación, jeringas, bioquímicos y enfermeros, llega la noticia esperada…

-José María… ¡vamos a ser papás….!

Capítulo 5

-¡Bendita noticia....!!!! Se escucho decir del otro lado de la línea telefónica.

La sensación de plenitud que a la pareja le cobijó en aquellos días, hizo que la simbiosis del amor profundo se convirtiera en una antorcha inagotable de amor y placer.

Luchar, luchar de nuevo y caerse, volviéndose a levantar, recorrer tantos caminos, para que ahora como resultado de todo ese esfuerzo se escuchara esa hermosa y placentera noticia: un hijo en camino...

Los seres humanos cambiamos a diario nuestros pensamientos, nuestras decisiones, nuestros gustos, y placeres. Cambiamos la forma de ver al mundo, según pase tal o cual circunstancia.

-¿Cómo entonces no cambiar con semejante noticia...? Esbozaba José María.

En aquellos días, y también en las largas noches de insomnios, se pergeñaron las estratagemas fundamentales para la espera y posterior recepción del bebé.

En esas interminables noches de diálogos y sueños, se diseñaron el modelo de cuna, los colores de la habitación, el tipo ropa, los turnos para cambiar los pañales, los turnos para dormir y hasta quien lavaría los platos de lunes a domingo...

Planear esa espera era un placer infinito.

Ya pensaban en qué escuela estudiaría, y el idioma adicional que debiera aprender... La criatura debe conocer al menos dos idiomas, se decían...

No sabían el sexo, tampoco habían coincidido hasta ese momento el nombre que tendría ese nuevo integrante de la familia, pero ya estaba planificado todo el recorrido de la criatura hasta la llegada a la universidad...

Cada día era una oportunidad de seguir el proceso de planificación.

Ambos decidieron mudarse fuera de Rosario, para lo cual, tal como se había planeado, Patricia presentó su renuncia al trabajo como empleada bancaria, y José María, ya con el cargo de Tesorero en firme, solicitaba que le permitan cumplir ese cargo tan importante a nivel financiero en la Entidad Bancaria de la sucursal de Arroyo Seco, una localidad ubicado al sur de Rosario, a unos treinta y cinco kilómetros de distancia y tan solo a treinta y cuatro minutos en automóvil, o unos cincuenta minutos en colectivo.

La elección de esta Ciudad, fue por un lado casual, no conocían la Ciudad; por el otro, era una de las pocas opciones de las que el Banco disponía, en cuanto a cercanía respecto de la Ciudad de Rosario

Querían salir del bullicio y la locura de una gran urbe, pero también querían estar lo suficientemente cerca como para asistir a médicos, sanatorios y todo lo que necesitaría su bebé.

Aquella Ciudad, que en sus inicios ostentaba el nombre de Pueblo de Aguirre, en honor a la persona que donó en 1888 inicialmente esas tierras para que pasara el ferrocarril y se construyera en sus laderas un asentamiento; con el tiempo tomó el nombre del arroyo homónimo que surcaba en ese territorio.

Las tranquilas avenidas principales y esas calles bordeadas de copiosas arboledas, daban a los padres primerizos un excelente lugar para echar sus raíces.

A pocas cuadras de la calle San Martin al 682 donde se localizaba el nuevo lugar de trabajo de José María, hallaron una casa que arrendaron, de tres habitaciones, un comedor, una cocina, sala de espera y amplio patio con jardines, que le permitía a José María una cercanía a su puesto de trabajo, y a Patricia la tranquilidad de pasar su periodo de gestación, protegida y cercana de su amado esposo.

La vida tranquila y apaciguada de una Ciudad pequeña, brindaba a la pareja un placer adicional.

Aquellas caminatas desde y hacia la plaza principal, con el bendito antojo del helado de chocolate, respirando aire puro, sumado a las bromas, risas y saludos con nombre de pilas a casi todos sus vecinos, hacían que dicha localidad fuera el lugar indicado.

Escapadas reiteradas a Rosario para control y chequeo, potenciaban en determinar que mudarse fue una excelente decisión.

Cierto día, en la oficina del banco, una de las auxiliares administrativas avisa a José María que tiene una llamada...

-¿Quién es?

-Creo que debes atender... contestó aquella mujer.

-Hola...

La mirada perdida y el rostro adusto, anunciaba que aquella llamada no correspondía a una consulta por temas laborales.

Quedó sin decir palabra alguna. Solo se limitó a cortar la comunicación con su mano derecha y a mirar con lágrimas a su compañera de trabajo que esperaba asustada la reacción de su Jefe inmediato.

-¿Qué ha pasado?

-Es mi vecina, encontró a mi esposa sangrando en la puerta de la casa; la llevaron de urgencia a Rosario...

Casi sin reaccionar, solo mira el auricular del aparato de teléfonos que aún lo sostiene en su mano izquierda.

-José, debes irte al Sanatorio...!!!

Mira a su compañera, y de pronto reacciona y agradece la sugerencia.

Sale corriendo en busca de un Taxi, ya que no estaba en condiciones de conducir.

Esos cuarenta y cinco minutos por la vía de la autopista a Rosario, hicieron que su alma, corazón y espíritu se colisionaran raudamente en busca de alguna posible respuesta ante aquel inconveniente.

Llega al sanatorio de la calle Oroño y Córdoba, entra corriendo al segundo piso, y allí encuentra a la madre de Patricia recostada sobre unas de las paredes de nosocomio.

-¿Qué ha pasado...?

-Aún no nos han comunicado nada, solo sabemos que estuvo en urgencias, desde allí la trasladaron a este piso. Pero nos han ordenado que esperemos aquí...

-¿Pero no entiendo...? ¿Cómo Patri no me ha avisado...? ¿Qué ha sucedido?

-Patricia me dijo que intentaron llamarte al celular, pero lo dejaste en la casa, llamó al número del Banco y le daba ocupado, y como estaba con hemorragias fuertes, los vecinos llamaron a la ambulancia y la verdad José María, ellos fueron la prioridad...

-Entiendo...

-Estamos esperando a los médicos...

En el fondo de aquel corredor, se abren las puertas mitad de vidrio y mitad aluminio, y de él aparece un hombre vestido todo de verde, en apariencia cirujano...

-Ustedes son familiares de la paciente... espera unos segundos para recordar el nombre...

-¿Patricia Hana?

-Si correcto... ¿son los familiares?

-Sí. Mire soy el esposo y ella su madre... ¿cómo está ella Doctor?, ¿y el bebé?, ¿cómo se encuentran?, ¿están bien Doctor?, ¿qué ha ocurrido?

El profesional respira unos instantes, mira a su alrededor, los invita a que lo sigan a un consultorio que estaba vacío a su derecha y con la puerta abierta de par en par.

-Por favor, acompáñenme...

Cierra suavemente la puerta, como dándose tiempo a hilvanar una respuesta comprensible a esos familiares desesperados.

Los estimula a sentarse.

-¿Puedo ofrecerles un vaso de agua?

Ambos aceptan la invitación, aunque hubieran recibido de mejor manera que les ofrecieran unos calmantes, el de los más fuertes que tuviera en existencia en todo el Sanatorio.

El cirujano, acerca los dos vasos de PVC blanco descartable con agua filtrada, tomados de un dispencer con garrafones embotellados situados dentro del consultorio.

Camina hacia el lado posterior del escritorio, y aunque la luz era buena, parecía como si su rostro se opacara al intentar despegar en el relato médico.

-Mi nombre es Carlos López... Soy el Jefe de Cirugía del Área de Emergencias...

Hace una pausa, mirando dulcemente los rostros de ambos familiares, como sabiendo el dolor que ya estaban experimentando.

-Patricia, ha tenido una fuerte hemorragia y ha perdido mucha sangre. Si bien su estado es delicado, su vida no corre peligro...

Las miradas de José María y la madre de Patricia, se confundieron en un profundo dolor, ante tal lamentable noticia, sin embargo, a pesar de ser tan dura la información al menos se sabía que Patricia estaba fuera de peligro.

-¿Y el bebé?, le cuestiona José María

-Mire... respira profundamente...

Baja aún más el tono de su voz... continúa relatando...

-Su esposa ha sufrido una abrupción de la placenta...

Se vuelven a mirar yerno y suegra, intentando entender aquel término médico, mientras el profesional continúa explicando...

-En algunos casos, la placenta se separa del útero, provocando hemorragias considerables que ponen en peligro la vida de la madre y del bebé.

No había en el lugar ruido alguno, sólo una atención absoluta en cada palabra del médico.

Saca un papel y una lapicera de unos de los cajones, dibuja el cuerpo humano e intenta explicar algo que ya estaban imaginando.

-La placenta es un órgano que crece en el útero durante el embarazo para proporcionar alimento y oxigeno al niño. Normalmente la placenta no se separa del útero hasta justo después del nacimiento del bebé. En el caso de su esposa eso ha sucedido mucho antes de la finalización del embarazo.

La abrupción puede tener varios grados...

-Pero, ¿Qué ha pasado con el bebé?

El cirujano mira el dibujo que había realizado en el papel, y volviendo su mirada hacia José María, sentencia...

-Lamentablemente, su esposa ha sufrido una abrupción de grado tres...

-¿Pero qué significa eso...?

-Tristemente, su esposa ha tenido un aborto tardío...

Una tristeza profunda, como sábana mojada que cae desde el cielo, abrazó los corazones.

-Si hubiera estado cerca de las treinta y siete semanas... se hubiera podido seguir... pero como solo han pasado veinte semanas, fue muy poco lo que se pudo hacer...

Las lágrimas inundaban el rostro de José María, mientras su suegra, apoyaba su brazo en el hombro derecho de su yerno.

-Disculpe doctor, pero... ¿por qué ha sucedido esto...? pregunta la abuela.

-Miren, no soy el médico de cabecera de Patricia, y la verdad no estoy en condiciones de responder ciertamente a esa pregunta.

Pero generalmente estos tipos de casos se dan cuando las madres son fumadoras, o tienen más de treinta y cinco años, o han tenidos más de cuatro o cinco hijos, o han sido embarazos con gemelos o trillizos, o tiene tensión arterial alta, o diabetes, o tuvo un abrupto anterior...

Toma una pausa...

-Puede ser algunos de estos puntos, o varios o ninguno de ellos... quizás sea por causa genética... la verdad no puedo responderle en este momento... ¿ella ha tenido algunos de estos inconvenientes durante el embarazo?

-No... dice José María

-Quizás...

-¿Quizás...? Responde el doctor mirando a la madre de Patricia que había mencionado esa palabra...

-Nuestra familia ha tenido diabetes y además Patricia ha tenido tensión alta...

Suspira José María mientras mira a su suegra, sin decir palabra alguna...

-Miren... deben hablar con el médico que lleva el control de Patricia, para buscar las causas y quizás se pueda corregir, o controlar este problema en el futuro... pero...

-¿Pero doctor...?

-No es necesario explicar los problemas que conlleva esta tremenda situación para ustedes, pero muy en especial para Patricia... el sufrimiento será exponencialmente superior para ella.

Hace una pausa...

-Cuando el bebé muere dentro del útero, la madre ha de enfrentarse a algo mucho peor que el parto. Dar a luz a un bebé muerto es una experiencia traumática y muy cruel.

El médico se toca la cabeza, como intentando explicar algo que no se puede realizar con palabras, procurando contener el llanto y dolor de personas que deben pasar por situaciones límites.

-Le hemos practicado un legrado de succión, está anestesiada, para control y seguridad de la paciente quedará hospitalizada, tal vez en un par de días pueda ser dada de alta...

El médico aguarda unos segundos, para que la familia tome conciencia de lo sucedido, parándose lentamente mientras rodea aquel pequeño escritorio.

-Mucho lamento esta situación... solo puedo decirles que cualquier inconveniente o duda, pueden ubicarme en la guardia, en el lado este del edificio...

-Gracias doctor...

Capítulo 6

Seguramente a lo largo de la vida de las personas, existen circunstancias que de alguna manera coercitiva cincelan nuestro carácter, nuestro temple, ahogan sin piedad nuestras aspiraciones, sueños, proyectos, nos vuelven añicos, nos aplastan sobre el piso, con el sólo aliciente de seguir aquí respirando un segundo tras otro.

Nuestra manera de concebir el mundo y en ella la vida humana, es la de despedir a nuestros viejos y ayudar a nuestros jóvenes a que sean seres humanos provechosos, llenos de vida…

Pero despedir a un hijo…

José María, no dudó en fortalecerse y correr a los brazos de Patricia en cuanto le permitieron.

Cuando logró que despertara del insomnio anestésico, de inmediato y sin esperar segundos, anoticiaba a su esposa de todo lo sucedido.

Se pensará que este hombre no tiene corazón, o es una perversa humanidad agobiante, ya que no ha dejado que su esposa repose, tome conciencia de la profundidad de su estado y posteriormente de a poco subirla a la nave que induce a la pérdida irremediable y del dolor que insume ese ser no nacido.

Pero, había en medio un pacto. Como una palabra entre caballero y dama. Entre personas que se confían la vida misma. Entre enamorados.

Ese pacto sublime que habían pergeñado al momento de unir sus vidas, inducía a ambas partes a decirse la verdad absoluta, que aunque sea doliente e irreparable, en el fondo y con la ayuda del tiempo darían quizás a la pareja seguridad mutua y confianza en el compañero de ruta.

Lo cierto que ese viaje de regreso a la casa familiar…, en el absoluto silencio, con esos pares de ojos enjuagados de rocío del alma, daba a la pareja, leves segundos de incomprensible lucidez, como para intentar no soltarse sus manos entrelazadas, acompañándose mutuamente en el momento de dolor, y luego seguir ensimismados en inteligibles pensamientos lucubrados.

Cuando el vehículo negro con techo amarillo aparcó en la acera de la vivienda de Arroyo Seco, sus corazones percibieron aun más el desasosiego de la pérdida.

Patricia abrió con su llave la puerta principal y se deslizó raudamente a una de las habitaciones de la vivienda, mientras su esposo abonaba el costo del viaje.

José María suspira unos segundos en el dintel de la puerta de entrada, como solicitando auxilio celestial para sobrellevar ese desafío que impone sobreponerse y ayudar a su amada a seguir adelante. En definitiva, solicitaba apoyo divino para sí mismo.

Por fin toma fuerzas e irrumpe en la vivienda.

-Patri… ¿dónde estás…?

Era tal vez una de las preguntas más obvias que en ese instante se pudiera emitir.

La habitación del bebé, adornado con tapiz multicolor, con juguetes colgando del techo y almohadones tirados por doquier, encontraba a Patricia sumergida en innumerables prendas ya compradas de tono neutro.

Con esos ojos almendrados cubiertos de brizna gris, mira a su esposo…

-Ya no está con nosotros…

-No Patri… siempre va estar con nosotros… va vivir en nosotros… será a partir de ahora nuestro angelito guardián… nos va a consentir y nos va a proteger de todo lo malo…

-Sí ¿verdad? Responde con ese mar de lágrimas que recorrían impetuosas por las mejillas destrozadas de dolor.

Un alivio enorme inundó el corazón de José María, al comprobar que su esposa encontraba un posible horizonte de salida de la dramática situación.

-Debemos seguir luchando mi amor… ya verás que podremos tener nuestro bebé con nosotros…

Patricia, solo atina a mirar a su esposo, nublado por la esperanza de otra oportunidad en esta vida…

Ya verás Patri… ya lo verás… juntos lo lograremos… insistía.

Patricia se para de la cama donde se hallaba sentada, camina hacia el armario donde se encontraba las ropitas y demás ajuares del bebé, lo acaricia unos instantes, dándose vuelta lentamente, mira a su esposo y con una sonrisa, proclama…

-No tocaremos nada de esta habitación, ya que nuestro próximo hijo lo va a necesitar…

José María corre aliviado a los brazos de su amada, que al sentir la unión de los dolientes corazones, se sumergen en llantos, besos, caricias y miradas…

Varios meses transcurrieron en diálogos, recaídas, depresiones, odios, rencores, culpas compartidas, y nuevamente disculpas.

Recibían ayuda mutua del integrante menos débil según la circunstancia. Se forzaban en seguir luchando por ese objetivo común.

Pasado el año, nuevamente estaban frente a los profesionales de fecundidad, denotando la recidiva situación de ser papás.

Tratamientos, controles, análisis, consultas…

Se sumergieron en las interminables tareas de genetistas y médicos, que a su tiempo visualizarían sus resultados.

Pero hubo dos cosas que siempre les había favorecido a seguir adelante. Por un lado el amor divino e incondicional que se profesaban, y por el otro el pacto de hacer caso omiso a terceras personas que no fueran de la familia muy cercana.

Ese grupo cercano, ese círculo de confianza, era muy, pero muy cercano, abarcando apenas los esposos y algunos hermanos y padres. Habían desechado amigos, vecinos, compañeros de trabajo.

Las caminatas vespertinas luego de la salida del trabajo de José María, coronando con la ritual visita a la Iglesia de la Asunción de la calle Moreno al 500, y las salidas dominicales a plazas y eventos de pueblos vecinos, quizás inclinaron en parte la balanza para que ambos estén de mejor talante, con ganas y deseos de luchar nuevamente.

Los amigos y familiares, poco sabían de lo sucedido durante esos largos meses de aislamiento.

Todos comprendían la imperiosa necesidad de espacios, de soledad, de luto. Y no sólo lo comprendían, sino que en silencio lo respetaban.

Tampoco se enteraron, que luego de dieciocho meses de la partida de su hijo, recibían la esperada noticia.

Esa vez la vivieron plenamente en soledad. Con esa mística que emana del amor profundo y del respeto por las cosas importantes.

Ocho meses más tarde, nacía en la maternidad de la calle San Luis y Pueyrredon del la Ciudad de Rosario, la beba más hermosa del universo, al menos para ellos, llegaba a sus vidas Paula María Iriarte.

Capítulo 7

Dos kilos ochocientos gramos, le indicó una enfermera al padre, que aguardaba desesperado en la sala contigua del lugar asignado para la cirugía.

La pareja siempre se habían prometido estar juntos al momento de dar a luz, pero el obstetra que los guiaba, analizando los resultados y los problemas anteriores, y considerando el bienestar de la madre y de la beba, decide a último momento una cesárea, y por consiguiente no permitió que el padre se encontrara presente al momento de la cirugía.

Cuando José María observa abrirse de par en par la puerta de vidrio esmerilado del amplio pasillo, y al visualizar que una de las asistentes acompañaba en fila india la camilla que conducía a Patricia, protegiendo en sus brazos a Paula, para que se gestara la reunión familiar en la habitación, el corazón de aquel hombre llegaba al extremo inimaginable.

Es posible que Dios en su bendita benevolencia, le permitiera a esos seres tan sufridos beber y embriagarse de placer supremo, al tener en sus brazos ese pedazo de ser que tanto habían anhelado.

También es posible que ese angelito que varios meses atrás apurara su partida para cumplir sus objetivos celestiales, ayudara para que la familia goce a pleno ese reencuentro con la vida.

La enfermera deposita a Paula en el pecho de esa valiente madre, mientras José María, como polizón que ingresa a un lugar prohibido, acerca su mejilla para rozar con ella la piel de la hermosa beba y con su mentón tocar a su amada Patricia.

Fue definitivamente una postal divina y en ella se surcaron nuevos desafíos.

Como vivir plenamente una vida en familia, desmayarse en cuidados, alimentación, mimos, caricias, en definitiva aprender a vivir nuevamente. Pues es eso lo que conlleva un hijo, aprender de nuevo todo.

Dormir pocas horas, limpiar partes que no se limpiaban, visitas cotidianas para controles médicos, risas, miedos, llantos, inteligibles situaciones de aprendizaje constante.

Patricia le decía a su amado:

-Hay tan solo tres opciones, hambre, sueño, o pañal. Esas tres cosas serán nuestra estrella del Norte.

Expresión que José María devolvía con una enorme sonrisa de felicidad.

Eran papás... no se puede asegurar si eran los mejores, ya que no había escuela donde asistir para hacer exámenes de nivel o un lugar para realizar un postgrado de perfeccionamiento, pero estaban intentando llevar todo con amor.

Los primeros cuatro meses de vida lo disfrutaron en privado, y solamente conocieron a Paula los seres más cercanos.

Al quinto mes, ya cuando la beba lloraba menos y disfrutaba más a las personas, fue presentada a la sociedad.

La vida se acomodó de manera magistral para los tres.

Patricia, con ese amor que sólo una madre puede brindar o sentir por esa beba, cuidaba a Paula, mientras que el varón de la casa seguía en su puesto del Banco como Tesorero General.

Se reavivaron las salidas vespertinas, luego de que José María llegara del trabajo, por las amplias avenidas del ya querido Arroyo Seco, y esta vez, la reciente integrante como líder de un principado sublime, viajaba en su fastuoso "faetón", pero no halado por ponis o caballos árabes, sino por sus papis.

La visita a la Iglesia, o el helado de chocolate, o las largas charlas en el asiento de madera de la plaza principal, coronaban una vida llena de felicidad.

Cierto día, mientras estaba tapado de planillas llenas de números, documentos y transferencias que necesitaban su firma y de las amplias Circulares del Banco Central de la República Argentina que debía leer e implementar en su trabajo, el celular de José María entona el clásico tema de la Bella y la Bestia de Disney, versión cantado por Manuel Mijares a dueto con Rocío Banquells.

Desde que sucedió el problema grave, José María se apegó a su aparato de telefonía celular como parte integrante de su cuerpo, y como para saber de inmediato si la llamada era o no importante, puso como sonido principal de contacto de su esposa el tema musical de la Bella y La bestia de Disney. Así cuando sonara esa música, de inmediato sabría que el amor de su vida estaría en la otra línea de teléfono.

Cuando Paula estaba en el vientre de su madre, en familia miraban los programas de Disney, y aunque es poco probable asegurar, esos papis atestiguan que con el tema de la Bella y La Bestia, Paula se movía como bailando feliz y protegida en el vientre de su madre.

Es por ello, que cuando sonó esa melodía, José María, de inmediato dejó todo lo que estaba haciendo, y raudamente aprieta el botón verde de su aparato para contestar la llamada.

En esos segundos en que recibe la llamada y procede a escuchar el auricular del aparato, miles de situaciones pasa por su cabeza, y el cien por ciento de esas posibles situaciones no lo considera como positivas.

La anterior situación con el bebé que había perdido en el vientre de su amada, le había impregnado un dejo de miedo en cada llamada, por lo que su esposa no llamaba al celular a menos que fuera muy necesario e imprescindible. Era como un pacto no escrito entre ambos.

Pero esa mañana, el teléfono sonó, y ese pacto se había roto por completo.

También era certero preocuparse, ya que esa mañana, su esposa llevaba a Paula a consulta y control pediátrico, toda vez que la beba presentaba problemitas evidentes para respirar, notándose más apresurada la respiración.

Además la noche anterior se sumó una tos pronunciada que motivó a que ninguno de los integrantes de la familia pudiera dormir.

Cuando responde el teléfono escucha el sollozo de su esposa.

Las dudas se hicieron realidad, existía un problema con la beba y por la desesperación que denotaba su esposa, era muy importante.

Avisó al gerente del Banco lo que había escuchado y se dirigió a la Ciudad Rosario, donde Paula de urgencia fue internada.

Al llegar, abrazó desesperadamente a su esposa, e intentando entender lo sucedido, le pide que lo guíe hasta el médico que los atiende desde ya hace tiempo.

El médico de inmediato los llevó a un lugar apartado y le explicó la gravedad del problema.

Con la mayor suavidad posible, pero con la cruel verdad que siempre ellos han solicitado de su pediatra, reciben la denostada afirmación que suponía la internación de urgencia:

-Anomalía de Ebstein...

Tal es el grado de aturdimiento de los padres, que imploran a su pediatra que les explicara en pocas y entendibles palabras que es lo que le estaba sucediendo a su hijita.

-Miren, la anomalía de Ebstein, es un defecto cardíaco congénito, es decir que se presenta desde su nacimiento. Es un defecto cardíaco muy poco común, por el cual la válvula tricúspide es anormal.

Los papis desesperados por lo que escuchaban, miraban tristemente al profesional tratando de entender.

El médico prosigue.

-La válvula tricúspide se compone normalmente de tres partes, llamadas valvas o colgajos. Las mismas se abren para permitir que la sangre se movilice desde la aurícula derecha (cámara superior) hasta el ventrículo derecho (cámara inferior) mientras el corazón se relaja. Ellas se cierran para impedir que la sangre se traslade desde el ventrículo derecho a la aurícula derecha mientras el corazón bombea.

Para los padres de Paula, seguía siendo incomprensible lo que estaban escuchando.

El profesional nota la incomprensibilidad de la información que recibían los papis, por lo trata de ser lo más sencillo posible en su explicación.

-En las personas con la anomalía de Ebstein, las valvas están inusualmente en lo profundo del ventrículo derecho y a menudo son más grandes de lo normal. El defecto por lo general provoca que la válvula funcione de manera deficiente y la sangre puede irse por el camino equivocado de regreso hacia la aurícula derecha.

El represamiento del flujo de sangre puede llevar a hinchazón del corazón y acumulación de líquido en los pulmones o en el hígado. Algunas veces, no sale suficiente sangre del corazón hacia los pulmones y la persona puede tener una apariencia de color azul.

-¿Que se puede hacer Doctor? Rápidamente expresa José María, en procura de buscar la cura de su hija.

-Miren papis... quiero serle lo más sincero posible:

Como la beba presenta los síntomas de la enfermedad en forma muy prematura indica que la severidad de la enfermedad es grave.

Un escape severo puede llevar a que se presente hinchazón del corazón y del hígado, al igual que insuficiencia cardíaca congestiva.

-¿Qué significa eso? Pregunta Patricia.

-Lamentablemente, si no se la interviene con urgencia, está en riesgo su vida.

La desesperación llegó al extremo.

José María, teniendo unos segundo de lucidez, le inquiere al profesional:

-¿Usted la puede operar?, ¿la pueden operar ahora mismo?

-Ahí está el problema.

-¿Qué problema? avizora José María, mientras un nudo en la garganta le deja casi sin respiración.

-No soy especialista en cirugía cardíaca, y mucho menos, para esta patología. Estuve averiguando en Rosario, y si bien hay especialistas, lo más recomendable es que sea intervenida en la Fundación Favaloro en Buenos Aires.

Se miraron mutuamente, imaginándose los problemas y trastornos que ello deriva.

-La obra social bancaria, solamente reconoce intervenciones cardíacas en los lugares que ellos tienen convenio. Lamentablemente no tienen convenio con la Fundación Favaloro.

Un silencio se apoderó nuevamente de sus almas. Mientras que el médico miraba fijamente sus rostros, ambos papis al unísono preguntan por el costo de la misma.

La respuesta fría y casi calculadora arrojó:

-Veinticinco mil dólares.

-¿Que vamos a hacer...? Se limita a decir Patricia mientras mira a su esposo que con su cabeza a doscientos kilómetros por hora explora todas las opciones posibles.

-Doctor, ¿la Obra Social no reconoce esta operación, donde está en juego la vida de nuestra hija?

-La verdad no puedo asegurarle, usted debería consultar directamente a dicha institución.

Le ruega al médico unos minutos para llamar directamente a la Obra Social, y una vez atendido, le responden de manera categórica que dicha cirugía no está dentro de los planes que la familia Iriarte posee como beneficiario del sistema de salud. Le comentan que puede hacerlo en forma privada y luego realizar un reclamo administrativo, más una presentación judicial, siendo probable en ese caso que la Institución le devuelva el cien por ciento de lo abonado. Pero de inmediato la Obra Social se negará a desembolsar dicho monto.

-¿Cuando tiempo tenemos doctor?

-No lo sabemos, pero en estos casos el tiempo es extremadamente tirano. Puede que sean meses, días u horas. No lo sabemos lamentablemente.

Se miran mutuamente, y las lágrimas enjuagan penosamente esas almas desconsoladas, dibujando un escenario de dramatismo.

-Doctor, si conseguimos el dinero, ¿cuándo pueden operar a Paula para salvarle la vida, en la Fundación Favaloro?

-De inmediato, por supuesto. Los profesionales de ese lugar ya estudiaron los antecedentes y están al corriente de los pasos necesarios para la probable cirugía.

-Doctor, por favor haga los arreglos. Mi hija va a salvarse...

Mira a su esposa a los ojos, a esos ojos nublados de desesperación, mientras que con sus dos manos dócilmente acaricia sus mejillas desteñidas por el rímel, con voz suave y con el amor profundo y sincero le comenta a su compañera de la vida:

-Paula, va estar muy bien, confía en mí... mejor dicho confía en Dios... ya que si nos la prestó para que la criemos, nos ayudará en este momento.

Dirigiendo su mirada al profesional, le vuelve a sentenciar:

-Doctor, por favor haga los arreglos, que buscaré el dinero.

Capítulo 8

Mientras conducía de regreso a Arroyo Seco, la autopista que siempre estaba plagada de vehículos, lo escoltaba literalmente vacía, como asistiendo a ese padre desesperado para que llegue a su lugar de destino sin problemas.

José María aprovechando la calma aparente, estaba concentrado no en su camino, sino en un plan, digno de reeditarse en los filmes de Hollywood.

Era raro que un día viernes, y a esa hora -5 PM- no hubiera casi tráfico en la autopista que une a la Ciudad de Rosario con Buenos Aires.

Pero como intentaba aprovechar cada segundo de su viaje para visualizar en su contexto el grave dilema que los probaba como padres, o para encontrar una solución posible a su necesidad imperiosa de fondos; solo una parte ínfima de su cerebro mecánicamente prestaba atención a la ruta, mientras que el resto de las funciones vitales, perseguía una única finalidad: esos benditos y angustiantes veinticinco mil dólares.

Para quien tiene ahorros y pude disponer de ellos en forma inmediata, sería un detalle solamente su utilización. Para José María Iriarte en cambio, la búsqueda angustiosa de los fondos representa un adelanto, ya que cree que su Obra Social le devolverá en su totalidad el dinero erogado.

Lo que se sabía a ciencia cierta era que la familia Iriarte no tenía los medios económicos para afrontar en forma inmediata tal urgencia. Mucho menos sus familias y amigos, situación propia de toda de clase media, que trabajan con el fin de sobrevivir, sin darse la posibilidad de ahorros.

Fue allí donde su cerebro, como parando en el piso más alto de un edificio, redondea su estrategia:

-Claro, se dice en voz alta para sí mismo, "es un préstamo".

Ahora sabía quién le podía prestar ese dinero.

-Si cada día de mi vida, vivo firmando papeles que permiten a otras personas hacerse con fondos que presta el Banco, ¿podría hacerme un préstamo para mí?.

Rápidamente su lado izquierdo del cerebro, el lado racional le provoca una estocada a su lado emocional, creativo, imprimiendo esa luz roja de los pasos administrativos, financieros y contables que debe llevar cada carpeta de posible préstamo. Además, muchas personas deben autorizarlo, entre ellos el propio Gerente de la entidad, y por el monto, hasta sea necesario la rúbrica del propio Gerente Regional.

-¿Quizás explicándoles la situación, ellos autoricen? Pero demandará mucho tiempo, y justamente ese tiempo no lo tenemos.

Seguía buscando posibilidades que le pudiera hacerse con el dinero.

La autopista le muestra un cartel verde donde le indicaba que llegaba a la Ciudad de Arroyo Seco. Toma el desvío a la derecha, sube por el puente que cruza la autopista y se dirige raudamente a su puesto de trabajo.

Estaciona el auto en la puerta del banco, e intenta ingresar por la puerta lateral, que por el horario, se encontraba cerrada al público.

El policía de seguridad, al ver quien tocaba el timbre de acceso, rápidamente le abre al Tesorero de la entidad.

Las pocas personas que aún se encontraban trabajando, lo saludaron, le preguntaron sobre el estado de su hija y continuaron trabajando en el cierre contable.

Como tuvo que retirarse, el cierre final no se había producido, por lo que el Tesoro General se encontraba cerrado, pero no clausurado. Eso significaba que podía abrirlo para el recuento final, y una vez finalizado activaba los cerrojos principales. Una vez activado el cierre definitivo necesitaría la presencia de tres personas para abrirlo. Eso seguramente lo haría el lunes venidero, para reiniciar las actividades habituales.

Sentarse en su escritorio y mirar la cantidad de planillas con todos los movimientos financieros del día, que lo aguardaban para ser procesadas y efectuar así el cierre, le produce un agobio inusual.

Esa sensación, nunca la había sentido, ya que amaba lo que hacía.

La carita de su beba inundaba cada centímetro de su vista. Allí donde focalizaba su mirada, aparecía ese angelical rostro de Paula.

Se da vuelta en su silla giratoria, mira el Tesoro Principal, y decide llevar a cabo el plan que había pergeñado en esos cuarenta y cinco minutos que le llevó llegar del Sanatorio donde se encontraba su hija y su esposa, a su lugar de trabajo.

Como si fuera un diagrama de flujo apenas perceptible, comenzó a repasar el plan imaginado:

-Será un préstamo. Pues cuando la Obra Social me lo devuelva, ese mismo día lo devolveré al Banco.

Claro, que debía prescindir de firmas, autorizaciones, formularios, garantías, avales.

Terminó las tareas de cierre. Activó todas las medidas de seguridad obligatorias de la entidad financiera. Tomó su vehículo, en busca de la misma autopista que lo condujo una hora antes.

Al llegar al Sanatorio, abrazó a su esposa, le preguntó por el estado de su beba, y con voz dócil le susurra al oído

-Ya está todo arreglado…

Para ese hombre, fue un punto de inflexión. Tomó una decisión que cambiaría seguramente su vida, la de su esposa, y por supuesto, la vida más importante que estaba en juego: la vida de su hija.

Si le preguntara a los amigos, familiares, conocidos, sobre la forma en que debe proceder un padre desesperado por la vida de su hija, muchos exigirían racionalidad, e inteligencia al momento de buscar los medios para solucionar un hecho límite.

Pero cuando la vida de un ser querido está en juego, difícilmente dominará la racionalidad, el sentido común, los valores morales, y hasta las formas. Cuando está en juego la vida de un hijo, nadie sabe cómo reaccionará. Tampoco lo sabía José María.

Tomó una decisión, la ejecutó, y ahora buscaba lo que todo padre necesita imperiosamente, que la prolongación de uno mismo, que ese pedazo de vida que traemos al mundo esté a salvo, sin importar las consecuencias posibles.

Solicita ver al médico, sin la presencia de su esposa.

Cuando se reúnen en una oficina en la Planta Baja, saca de su bolso, un paquete envuelto, que por la forma se evidenciaba que eran fajos de dinero en efectivo. Lo pone sobre el escritorio, y con voz sollozante le inquiere a su interlocutor:

-Por favor, ¡sálveme a mi hija...!

El médico, sorprendiéndose del paquete que estaba visualizando, intentó por curiosidad saber de dónde había conseguido semejante cantidad de dinero. Pero viendo el estado emocional de José María, solo se limitó a explicarle los pasos que se debía seguir.

-Mire señor Iriarte, lamentablemente no es así como funciona este proceso. Ese dinero debe ser depositado en la cuenta de la Fundación Favaloro, y no aquí.

Vuelve a mirar los ojos ya mojados por un torrente de lágrimas que cubrían el rostro de ese padre desesperado. Fue allí cuando el profesional, conmovido atina a comentar:

-Espere aquí un momento...

Esos instantes parecieron una eternidad.

Luego de 15 minutos, regresa al consultorio, acompañado de otra persona, pero esta no daba apariencia de médico, ya que si bien estaba bien vestido con camisa, corbata, pantalón de traje, y zapatos extremadamente brillante, no contaba con la habitual bata blanca, que sí tenía el médico que lo estaba ayudando.

Este tercer integrante, rodea el escritorio y se presenta como el Administrador General del Sanatorio. En su introducción le hace conocer que es Contador Público de profesión y que tiene a cargo la administración general del nosocomio, y le indica que ya ha sido anoticiado de la problemática que está padeciendo su hija Paula, y que si bien no sabe al detalle la historia clínica de la paciente, entiende la gravedad de la situación.

-Señor Iriarte, generalmente no recibimos dinero de pacientes, a estas horas y para otra Entidad Hospitalaria, pero por excepción, vamos a transferir de nuestros fondos propios el dinero necesario a la Fundación en Buenos Aires, y ese dinero que usted nos ha presentado lo tomaremos para depositarlo en la cuenta el día lunes. Le recuerdo que no es lo habitual, ni lo que se debe hacer, pero en el caso de su hija haremos una excepción.

José María, no tenía palabras de agradecimiento para con estas personas.

El administrador, dirigiendo al profesional médico, le solicita que haga urgente los preparativos de traslado del paciente, mientras invita a José María que lo acompañe para el recuento del dinero y la firma de los documentos necesario para el ingreso de los fondos al Sanatorio, y toda la documentación necesaria para el traslado a Buenos Aires de su hija y esposa.

Se hicieron los arreglos, y esa misma noche, una ambulancia de la entidad transportaba a Paula y su madre desde el Sanatorio de la Calle Oroño en Rosario, a la Fundación Favaloro de Buenos Aires.

Esa unidad de emergencia se detiene en la calle Belgrano al 1700 en la Capital de Argentina.

Las diez horas restantes, tiempo que duró la intervención fueron interminables.

Llamadas cruzadas entre ambos padres, donde se informaban lo que estaba sucediendo.

José María, no pudo viajar, toda vez que la intervención y la posterior hospitalización, tal como le explicó su pediatra, demandaría varios días o semanas.

Asimismo, José María, no quería dejar su trabajo, ya que debía mantener y vigilar todos los resortes contables y financieros que había utilizado para poder hacerse de los fondos.

Decidieron entonces que Patricia acompañara a la beba, y que en días posteriores las abuelas acompañarían al contingente. José María seguiría su rutina diaria en el Banco.

En un momento, Patricia le consulta a su esposo:

-¿Cómo conseguiste el dinero para la operación de Paulita? Le parecía muy raro lo rápido y fácil con lo que se solucionó todo. Intuía que alguien le facilitó el dinero, pero no conocía los detalles, también es cierto acotar, que por el aturdimiento de la extraña situación, no quería ahondar mucho en el tema.

José María solo le atinó a decir:

-Un préstamo, mi vida... fue un préstamo.

Eso la tranquilizó, ya que lo pagarían cuando esto terminara.

Capítulo 9

Al sonar nuevamente esa melodía de la película de la Bella y La Bestia de Disney, anunciando la llamada anhelada desde Buenos Aires, se apresura a contestar el teléfono celular, esperando que la interlocutora le detalle los resultados o novedades de su hija.

Una leve sonrisa de alivio, daba a entender que a Paulita la cirugía la había ayudado, que estaba en Unidad Coronaria, pero ya fuera de peligro.

Esas lágrimas compartidas, que a la distancias descomprimía las muchas horas de tensión, brindaban un estado de felicidad, agradecimiento supremo a Dios y una nueva esperanza de seguir luchando.

Continúan dialogando por quince minutos, sobre cada palabra que los cirujanos le habían comentado en relación a la intervención, así como los distintos pasos a seguir para la recuperación posterior de la beba.

Luego de finalizar aquella llamada, se sienta en el amplio sillón del living de su casa, respirando aliviado de la extrema situación que su hija había sorteado.

Pero de inmediato, una desesperación le invadió su alma: "el préstamo".

Sabía que el dinero que había tomado para la emergencia, era un faltante de la caja general de la sucursal del Banco.

También conocía la posible demora en qué la Obra Social liquidara el monto abonado por la contraprestación sanitaria.

En ese período de tiempo, en que pudiera devolver el dinero al Tesoro, tenía que diagramar algún plan, para que tanto los empleados que trabajaban con él, como el Gerente de la sucursal, no se percataran del faltante.

Asimismo, esa sucursal requería fondos para la operatoria diaria, por lo que debería imperiosamente solicitar más fondos a la Tesorería Regional en la Ciudad de Rosario.

Esta situación sería provisoria ya que devolvería pronto el faltante, nadie conocería la situación, y ningún empleado se vería perjudicado.

El lunes próximo, fue para José María, el día más negro en su historia laboral.

Una presión en el pecho, con palpitaciones fulminantes y repetitivas, lo agobió durante todo el día.

Ese primer día logró sortear la prueba. El cierre fue exitoso, siguiendo por supuesto el plan que se había imaginado.

Pero ¿cómo lo hizo?, ¿acaso por lo menos dos personas no tienen que hacer el recuento en una Entidad Bancaria?, ¿no tienen que firmar por lo menos dos personas los cierres y las verificaciones de recuento del Tesoro Principal de la sucursal?, ¿no existe el control cruzado de cuentas y verificaciones, para evitar faltantes de dinero?, ¿el Tesoro Principal, o la caja fuerte principal, no debe cerrarse a cierta horas del día luego de la verificación?

Si existe estos vastos controles en una entidad financiera tan importante, ¿cómo hizo José María para burlar esos controles?

El plan fue muy sencillo.

Por sus amplios conocimientos bancarios, su amplia experiencia en la Entidad, sabía que los recuentos tarde o temprano evidenciarían aquel faltante. Es por ello que utilizó un elemento adicional a su estratagema: la Caja Buzón.

El día que retiró esos fondos, el Tesoro Principal no pudo ser cerrado, pues no se encontraba presente el Tesorero Principal, pero fue una excepción. Regularmente a las 4 P.M. sí o sí debe cerrarse, y activarse el monitoreo de seguridad desde la Casa Central en Buenos Aires. Si no se realiza regularmente el cierre, se activa una investigación exhaustiva por el cual se infringe tales disposiciones de seguridad.

Es por ello, que en esa sucursal, se había contratado los servicios de una empresa de traslados de dinero, y en el recinto cercano a la bóveda principal, existía una caja fuerte de menor tamaño, denominada Caja Buzón.

En esa Caja fuerte, se introducían movimientos de fondos que se realizan en la banda horario que van desde las 2 P.M a las 4 P.M horas. Esto se justifica en que si deben esperar hasta último momento, generalmente el banco cierra sus puertas a las 3 P.M. pero las personas son atendidas hasta las 4 P.M., no pueden realizar los cierres totales, y por ende cumplir con el horario de clausura del Tesoro Principal.

Todos los fondos que se recaudan en esa banda horaria, son depositado en la Caja Buzón, para ser retirado al otro día por una empresa recaudadora ajena al Banco, con la particularidad que las llaves de apertura están en poder de la empresa recaudadora, y para la apertura de la Caja Fuerte y el retiro de los sobres cerrados depositados con dinero, deben accionarse un cierre numérico que conoce el Tesorero, más la llave que trae el empleado del camión de caudales. Con todo ello se verifican dos controles cruzados.

José María, conocía que la empresa recaudadora regularmente retiraba esos fondos a las doce del mediodía, y desde la apertura del Banco a las diez de la mañana. Disponía de dos horas para realizar su plan.

¿Pero cuál fue su aparente genial plan para ocultar en forma provisoria el faltante de ese dinero que había tomado para la operación de su amada hija?

Muy simple.

Primero, al cierre del día, asentaba en forma contable el depósito del dinero que regularmente se utiliza en esa banda horaria, más el dinero que había tomado. Así cuando hacían el recuento de los fondos de la bóveda principal sumado a lo depositado en la caja buzón, siempre daba el total de saldo del Banco.

Al otro día, antes que viniera la empresa recaudadora a retirar esos fondos, él tomaba dinero de recaudación habitual, por el valor faltante y lo depositaba en sobres en la Caja Buzón, logrando con ello que el recuento de la famosa Caja Buzón, diera perfecto.

Era una operatoria de patear el problema para el otro día.

Cada día debía realizar la misma operatoria, ya que de no hacerlo saltaría el faltante en la bóveda general o en la Caja Buzón. Por ello, no debía faltar a su trabajo ningún día, y preferiblemente debía estar presente en todo momento, para evitar algún inconveniente que pudiera descubrir su estratagema financiera.

Mientras tanto, esperaba anhelante que le devolvieran el dinero por parte de la Obra Social bancaria, para solucionar el grave faltante en la sucursal Bancaria.

La primera semana transcurrió en aparente calma en su puesto de trabajo.

Su hija se recuperaba satisfactoriamente, por lo que su sola preocupación por el momento era cuidar su fuente de trabajo.

Cuando transcurría la tercera semana desde que sucedió la urgencia, le dieron el alta médico a Paulita, con el consiguiente control riguroso de un centro de Cardiología de Rosario.

Nada importaba, su hija se había salvado, estaba con ellos ahora, y el sólo punto frágil por el momento era el faltante de dinero.

José María parecía obsesionado con su trabajo. Llegaba primero al banco y era el último en retirarse. No se tomada días de vacaciones, ni permisos, ni salidas transitorias. Debía estar atento ante cualquier problema que necesitara un cambio de planes.

Mientras tanto, ya se habían adelantado negociaciones con la Obra Social, y la definición del problema era casi inminente.

Cuarenta y cinco días después del problema, algo le parece extraño al momento de acercarse a su trabajo.

José María llegaba todos los días caminando, sin visualizar movimiento alguno en los alrededores, ya que su ingreso en esas semanas era a las siete de la mañana, cuando regularmente lo hacía a las ocho de la mañana. Cuando llegaba, solamente estaba el personal de limpieza, y un guarda de seguridad.

Al acercarse unos veinte metros de la esquina. Puede distinguir varios autos estacionados en las inmediaciones, y sobre todo le extrañó uno en particular, el del Gerente de la sucursal.

El gerente regularmente asistía a las diez de la mañana aproximadamente, instantes antes de la apertura de atención a los clientes.

Pero ese día, eran las 6,50 A.M. y ya se encontraba presente.

Un manto de angustia, desesperación y dolor, le inundó su cuerpo, sintiendo que la sangre se helaba en sus venas.

Sabía el motivo de esos movimientos, e imaginaba el desenlace de esta situación.

Al ingresar por la puerta lateral, el guardia de seguridad, lo saludo en forma habitual y le indica que lo están esperando en el primer piso: la oficina del Gerente.

Al dirigirse a la oficina, sube los cuarenta y cinco escalones que lo separa, imaginando que esos leves escalones lo separaban de su vida tranquila, ajetreada por la enfermedad de su hijita, pero acomodada, apacible, llevadera, a una incierta situación.

No necesita golpear la puerta, ya que se encontraba abierta de par en par, y en esa oficina estaban por lo menos cinco personas incluida el Gerente de la sucursal.

Lo saludan amablemente, lo invitan a sentarse, y el Gerente con la cara desencajada de angustia, sólo atina a presentar a José María a las demás personas.

-José María, estas personas vienen de la Casa Central…

Allí le describe que dos personas corresponden a la Oficina de Auditoría Interna, una es el jefe de Seguridad Regional, y el cuarto es un Escribano Público contratado por la entidad Financiera.

Además, le comenta que están seis personas más en la Planta Baja del edificio, revisando grabaciones de Cámaras de Seguridad, documentación contables y administrativas, y en especial los movimientos de la Caja Buzón.

El cuerpo de José María, parecía una gelatina que es tirada al piso de forma intencional.

Conocía el motivo de esa visita, el objetivo que perseguía, imaginándose el desenlace.

No basto mucho para que iniciase el monologo del Contador General y el Jefe de Seguridad Regional, donde le explicaban en forma cordial los procesos que llevarían a cabo en ese día.

Le pareció muy poco habitual la pasividad de estas personas, pero al haber un notario presente, donde daba fe de lo que estaba pasando, presumiblemente no darían lugar a ataques personales, ni agravios, ni mucho menos amenazas laborales, que serían utilizados en un posible litigio judicial.

El monologo duró cuarenta minutos. Muy simple.

Detectaron que en las semanas anteriores, se había incrementado el pedido de fondos para las tareas habituales, y ese monto de incremento se correspondía con el aumento del Saldo de la Caja Buzón. Todavía no podían probar nada, pero habían solicitado a la empresa recaudadora que pasaran a las ocho de la mañana en lugar de las 12 que lo hacía habitualmente, para que en presencia de todos se realice la apertura para la verificación de los saldos en cuestión.

El fastuoso plan se había derrumbado, como una bola de nieve que se inicia en la cúspide y llega arrasando todo a su paso.

Le continuaron detallando todas las medidas que estaban por hacer ese día, sumados a las personas y colaboradores encargados de cada una de ellas, comentándole de manera adicional, que si fuera necesario el banco no abriría sus puertas al público ese día.

Amablemente le solicitaron que explicara la situación, y que si ayudaba a solucionar este problema evidente de fondos, se vería beneficiado en las medidas a adoptar.

Claro, la mínima medida a tomar por un empleador ante estos tipos de circunstancias es el despido con causa, sumado a la posterior denuncia penal y hasta prisión efectiva.

En ese instante, su vida ya no le importó de manera particular, sino que los rostros de su amado esposa, y en especial la de su hija se instaló en su mente y su corazón.

El Gerente, que le tenía mucho aprecio, le dirige por segunda vez la palabra en tono muy suave, preguntando...

-¿Puedes explicar todo esto José María?

Tenía dos opciones posibles en ese instante.

La primera de las opciones, era la de negar todo, invocar algún tipo de acoso laboral, desmayarse, llamar a emergencia, litigar judicialmente, y patear la pelota para meses posteriores. Claro eso sería una salida deshonesta, calculadora y hasta macabra. También es necesario describir, que el resultado negativo de este plan sería un despido con causa, sin indemnización y prisión por el robo agravado.

Por el otro, tenía la posibilidad moralmente correcta de confesar lo sucedido, explicar el problema que ha tenido con su hija, y realizar algún tipo de acuerdo.

Esos treinta segundos en que su mente se aceleraba en busca de una salida posible, su rostro se transforma en ansiedad y desesperación.

De repente, una paz le invadió todo su ser, como si un ángel del cielo lo envolviese con sus alas y lo condujese a un lugar celestial.

José María, sabe y puede atestiguar que su hijito en el cielo le estaba mostrando el camino que debía tomar. Ya no había dudas.

Inicia su diálogo con las personas que estaban en esa oficina, explicando lo sucedido desde que recibe la llamada hasta el día presente.

Explica sus motivos personales y sus angustias por haber defraudado la confianza de sus compañeros, de su Jefe, y de la empresa.

Resalta que va a devolver ese dinero, y que solo lo consideraba un préstamo provisorio. Comenta las gestiones con la Obra Social Bancaria, y que todo eso se puede verificar tanto en la historia clínica de su beba, como en los papeles presentados para el reintegro de los valores abonados.

Le habla de sus valores morales, de tantos años de trabajo, de su amor por la labor que desempeña a diario. Del respeto por las personas que trabajan en la sucursal y en especial con las del Gerente.

Asimismo deja en claro que nadie tenía conocimiento de los movimientos realizados, y que si alguien debe asumir la responsabilidad absoluta, esa persona era él.

Pero por sobre todas las cosas, les expresa, que cuando la vida de un hijo está en juego, daríamos la mitad de nuestro cuerpo si pudiéramos para salvarla, daríamos nuestra alma, espíritu, daríamos en definitiva nuestra propia vida, si fuera necesario.

-No fue correcto lo que hice en mi trabajo. Les pido disculpas. Pero aunque ustedes no puedan llegar a imaginarse el grado de desesperación humana ante una situación límite, mi decisión ha sido la correcta, ya que mi hija está viva, sana, y con ganas de crecer en familia. Aceptaré las consecuencias de mis actos.

El jefe de Seguridad, le comenta que existe una pérdida de confianza, y esa situación no es retornable.

El Gerente toma la palabra dirigiéndose hacia los funcionarios que asistían en la audiencia, y con voz entrecortada le ruega si pueden dialogar en privado.

Le solicitan a José María que abandone provisoriamente ese recinto, mientras las demás personas se sientan a la mesa circular de madera con tapa de vidrio transparente que se ubicaba al lado derecho de la amplia oficina gerencial, como queriendo debatir una salida viable.

Luego de varios y eternos minutos, lo invitan nuevamente a entrar.

El gerente, quien tiene más afinidad con José María le propone una solución consensuada al grave problema.

-José María… aunque nos duela el alma por tu situación, por la desesperación de padre, dicho sea de paso nosotros también lo somos, lo que has hecho no es justificable de manera laboral. Evidentemente se ha configurado una falta de confianza grave, y por lo tanto no puedes continuar trabajando en el Banco.

El notario continúa tomando nota de cada situación y palabra que se emiten en ese acto, para su posterior protocolarización.

Respira unos instantes, y prosigue…

-También se ha configurado un robo y un daño patrimonial a la Entidad, por lo que estos funcionarios y yo debemos dar aviso a las autoridades policiales y judiciales, ya que de no hacerlo estaríamos nosotros faltando a nuestras tareas.

Pero…

En ese momento se agudiza su voz, como necesitando urgente un vaso de agua…

-Pero… como las circunstancias son especiales, tu historial de trabajo es impecable, tu esposa también ha sido una buena empleada del Banco y tomando en consideración la enfermedad de tu hija, vamos a proponerte una salida…

José María, continúa con los ojos humedecidos, pero con una sensación de paz espiritual, atina a decir,

-¿Cuál?

-Si te comprometes a restituir el daño patrimonial, se elimina la necesidad de pasar este tema a las autoridades judiciales, y sola quedaría tu salida de la empresa. Si renuncias voluntariamente, no se realizaran presentaciones judiciales y tu historial laboral figurará como una desvinculación por tu propia voluntad. Lo único que no se puede permitir es que continúes trabajando para la empresa, porque se ha configurado una falta de confianza grave; ¿lo aceptas...?

No sabiendo que contestar, el Gerente remarca...

-Tienes quince minutos para pensarlo, en ese tiempo llega la empresa recaudadora, y una vez iniciado los procesos ya no lo podemos parar. Te ruego que salgas, camines, y tomes la decisión que te parezca la más conveniente. También puedes llamar a quien quiera. Aguardaremos tu decisión.

Encausado las aristas del problema y sus potenciales salidas, a José María no le hizo falta los 15 minutos de espera.

Aceptó el trato.

Ese mismo día renunciaría a su trabajo, se comprometería delante del notario a devolver el dinero y ya zanjado el problema penal, quedaría limpio para poder trabajar en cualquier parte, menos en el Banco de la Nación Argentina que lo recibió desde los diecinueve años y le dio la oportunidad de conocer a su esposa y ahora a su hija.

Seguramente no habría una justificación moral por lo que hizo laboralmente, pero no le importaba.

Había salvado la vida de su hija, y aunque no lo expresó a sus interlocutores para no agravar el problema, lo cierto es que tenía la certeza ineludible de volver a hacer lo mismo si se presentara nuevamente la dolorosa situación.

-¿Qué harían mis familiares, mis amigos, mis vecinos, si estuvieran ante el mismo escenario...? Se preguntaba.

Claro, seguramente habría tantas respuestas viables como personas involucradas.

¿Esperarían si aparece una solución en el camino mientras arriesgan la vida de la beba?, ¿Pedirían dinero prestados a todos los que conocen demorando la intervención? ¿Tramitarían un préstamo en el banco de manera formal, esperando todos los pasos burocráticos?, ¿Vendería los bienes materiales que tienen para hacerse de dinero?, seguro que muchos harían eso, pero ¿Y el tiempo?, ¿correrían ese riesgo de ver morir a su hija en el mientras tanto?

Ese día, con una paz indescriptible, tuvo la certeza divina de que…

-Mi hija lo vale… vale todo lo que hice y todo lo que viviré de aquí en más… Claro que sí…

Capítulo 10

Inmediatamente después de formalizado el proceso de su desvinculación de la entidad bancaria, mira a su antiguo jefe inmediato y como descomprimiendo la situación, le estrecha la mano amiga que sintió en todo el período de trabajo y en especial esa mañana, que aún en las peores situaciones de tener alguien a cargo que ha fraguado semejante desfalco, seguía como un caballero piloteando la nave en medio de la fuerte tormenta para que pueda amarrar en un lugar adecuado.

El gerente apesadumbrado, con la mirada y movimientos de la cabeza, le indica que intentó todo para poder ayudarlo, pero que en la situación que se encontraba era inadmisible su restitución.

José María le devuelve una sonrisa, gratificando cada gesto, cada intento de ayuda, en definitiva aspiraba retribuir los agradables períodos que compartieron en su rutina laboral diaria.

Pensaba José María mientras terminaba de estrechar la mano de su ahora ex gerente, que los jefes son impuestos por el poder que emana de la jerarquía organizacional. Pero cuando encontramos a un ser humano, respetable y con liderazgo, esa obligación del poder de jefe se transforma en respeto, admiración y hasta un guía a quien imitar. Ese hombre allí parado, le había inspirado la posición de un líder ejemplar.

Sin decir palabras, deja suavemente de estrechar la mano de su exjefe, gira hacia su izquierda y comienza a observar cada una de las personas que lo acompañaron en esa oficina gerencial, termina de realizar la media vuelta y desciende por esos interminables cuarenta y cinco escalones.

A partir de ese momento, el Jefe de Seguridad Regional, ordena al personal policial que desempeñaba las tareas custodia que lo acompañe en todo momento hasta que se retire del edificio.

Al llegar a su cubículo, toma pocas cosas de su antiguo escritorio, principalmente unas fotos de su esposa e hija, y de manera deshonrosa es conducido obligadamente por la puerta lateral hacia la salida del Banco, mientras sus compañeros de trabajo que se aprestaban a iniciar las tareas de atención diaria y habitual, lo miran sin entender lo que estaban sucediendo.

Este hombre abatido, con su mirada perdida y humedecida por el dolor de la despedida no querida de su apreciado trabajo, imploraba a Dios que lo ayudara a sobrellevar la pérdida laboral, y sobre todo poder seguir adelante para mantener el bienestar de su familia.

¿Qué haría de ahora en más? ¿Cómo mantendría a su familia? ¿Con más de treinta y cinco años, donde lo recibirían nuevamente para darle confianza laboral? ¿Cómo le diría a Patricia que fue echado del banco en la forma más ruin y terrible que puede tener un ser humano, conducido por la policía? ¿Cómo decirle a su amada que estuvo a punto de ir preso por defraudación y estafa a la Administración Pública? ¿Cómo mirar la cara de su esposa y pedirle que lo ayude en este instante de profunda tristeza? ¿Cómo mirar a su hija y darle ejemplo de valores, si él no las tuvo al momento de realizar su actividad laboral? ¿Cómo sentirse bien consigo mismo, si defraudó la confianza del banco, de su Jefe, de sus compañeros, de sus amigos, de su esposa, de su hija, si hasta siente que se defraudó a sí mismo?

Sabía que la causa que motivó su comportamiento quizás fuera fundada.

Comprendía que según el momento y la gravedad de la situación, estando de por medio el riesgo de vida de su beba, tomó la única decisión posible, la de salvar la vida de su hija, sin medir las consecuencias. Sabía y entendía muchas cosas.

Pero...

Ese trabajo representaba casi todo en su vida. Fue el primer trabajo formal que había tenido, el que permitió conocer a su ahora amada esposa, el que durante años le brindó cobijo, medios económicos, viajes, capacitación, respeto.

Estaba feliz con lo que hacía. Lo disfrutaba como un saco hecho a su medida. Era su lugar en el mundo, en donde se sentía útil y considerado.

Claro, a partir de lo sucedido en la oficina gerencial del Banco, su ilusión de jubilarse con un buen ingreso, servicios médicos y estabilidad laboral, se había esfumado por completo.

En ese día soleado, el recorrido del paseo rutinario que casi semanalmente lo realizaba con su amada esposa y su hijita, lo debió surcar esta vez sólo, cargando su cruz al hombro.

Aquel banco de plaza de su querido Arroyo Seco, fue el único que no lo juzgó de manera altiva. Lo sostuvo durante horas, y en esos minutos interminables de profundo dolor, le impartió algo que debía conocer con profundidad.

Aquel despintado y añejo banco de plaza, olvidado, roído por la lluvia, el sol y desgastado por la infinidad de visitantes, le dio un horizonte del cual aferrarse.

En una de sus maderas laterales, se encontraba arrollado un papelito amarillo, buscando ser descubierto por alguien. Como si una carta de amor de Julieta Capuleto estuviera esperando para que su Romeo lo descubriera en esa particular Casa de Verona.

La vista de José María pareció detenerse impávido en ese papelito amarillo, como si los problemas de repente se detuvieran, provocándole cierta curiosidad, hecho que lo obligó a extender su mano y extraer con sumo cuidado para no romperlo.

-¿Cómo habrá llegado este papelito arrollado a este banco de plaza?

Es probable que algún transeúnte lo hubiera puesto allí, o se hubiera volado de algún lugar. La curiosidad pudo más.

Desenrolló suavemente el descolorido papel, en su interior había un título que no se podía distinguir por el desgaste y deterioro que tenía el papel. Presumiblemente provenía de la Iglesia que se encontraba en diagonal a la plaza.

Lo que sí pudo visualizar fue un pasaje Bíblico de Lucas 9:23. El papel se encontraba parcialmente ilegible, pero lo particular era que se podía ver bien la cita Bíblica. Como si una lupa enfocara sólo lo que se requería ver para ese momento.

"Toma tu cruz y sígueme..."

Claro que la cita bíblica es más completa, pero sus ojos, su mente, su corazón, su espíritu lo obligaron a enfocarse en esa parte de la cita. Parecía como palabras escritas para él, en ese momento tan particular.

Seguramente, en la época en que Jesús dijo esas palabras, llevando el pesado madero hacia el Gólgota, significaba solamente una cosa: la muerte más humillante que como ser humano tenía destinado.

Miles de años después, esa cruz representa para los que creen en ella, una forma de expiación, de perdón, de gracia, de amor.

Imaginaba las posibles circunstancias que motivaron que ese bendito papel lo estuviera esperando. Pero al releer una y otra vez, tuvo la certeza de que esas palabras tenían un destinatario prefijado y que desde ese momento le iluminarían su camino.

José María, nunca fue un católico profesante, sino más bien acompañó a su esposa a cada misa, a cada celebración y a cada acto de Fe como un espectador pasivo que solo buscaba escoltar y cuidar a su ser amado y no por la convicción plena de la Fe en Dios.

Echaba de menos no profesar esa Fe que muchos ostentan para que en momento como este, le diera fuerza sobrenatural para salir adelante.

Creía en Dios, más desconfiaba del clero de la Iglesia Católica, y sentía una leve antipatía sobre las demás religiones.

Ese pasaje Bíblico, pese a su falta recursiva de Fe, le dio fuerzas para luchar por todo lo que le importaba en su vida: su esposa e hija.

Sabía que debía ir rápido a los brazos de sus dos mujeres, y que de inmediato empezaría a recorrer el camino de lucha para mantener a salvo y próspera la familia anhelada.

Estaba al corriente del pacto que tenía con Patricia, -la verdad aunque sea dolorosa-.

También conocía la rapidez de los rumores en una Ciudad pequeña. Tenía la leve sospecha de que el chisme se desparramaría como el viento de la tormenta de Santa Rosa, arrasando todo a su paso, y quizás su amada se podría enterar por otras fuentes, hecho que rompería el pacto que durante años habían coincidido. Este era un hecho que no podía permitirse, por lo que no debía demorar más su regreso a casa.

Aún con el papel descolorido en la mano, se para del desgastado banco de plaza, pisando de manera inconsciente la espesa alfombra generada por el entrado otoño, toma la bolsa que contenía las fotos que retirara de su antiguo escritorio, mira la fachada de la Iglesia que se ubicaba en diagonal donde estuvo sentado, como queriendo agradecer de alguna manera ese empuje que había recibido, guarda el papel en un bolsillo muy cerca de su corazón, emprendiendo raudamente el camino a su casa.

Al abrir aquella puerta, ve como silueta dibujada en el espacio, la figura de su amada manteniendo en sus brazos a su hija, estaban sentadas en el extremo del jardín lleno de flores, en pleno proceso de amamantamiento de la pequeña.

Esa postal, ese cuadro, ese escenario natural e irreproducible, le pareció una obra pictórica mejor que la de San Lucas pintando a la Virgen y al niño de 1567 del pintor renacentista El Greco, que alguna vez supo ver en las postales Cretenses.

En ese momento ya no importaba la pérdida de su trabajo, la deshonrosa salida por la puerta lateral del Banco de la Nación

Argentina de Arroyo Seco, ni mucho menos la incertidumbre laboral de una persona que ha ya cumplido más de treinta y cinco años.

Aquel papel descolorido arrumado en un desgastado banco de plaza, sumado a esa postal pictórica que tenía frente a sus ojos, le indicaba que su vida no había terminado, al contrario comenzaba nuevamente.

Esperó unos segundo parado en el medio de la sala, como queriendo guardar profanamente aquella imagen que se le estaba avizorando en el fondo de su casa.

Cuando Patricia detecta su presencia, rápidamente se levanta del sillón de jardín cubierto de almohadones, y sale al encuentro de su amado.

Al mirar su rostro, imagina que algo muy grave había sucedido.

Se acerca suavemente, sosteniendo en sus brazos a la hermosa beba ya dormida, y al encontrarse en el medio de la sala con su esposo le da un beso en la mejilla y le hace una señal de silencio para no despertar a Paula.

Se retira a la habitación matrimonial, acomoda a la beba en su cama, la cubre con almohadas para que no se caiga mientras duerme, besa su frente, y con la misma suavidad con la que ingresó a la habitación, sale despacito en busca de su amado.

Mientras camina, siente el malestar en su estomago, pero entiende que en ese momento es su deber ser la fuerte de la familia.

Imaginaba Patricia el hecho de que siempre en la vida de los seres humanos, son las mujeres las que soportan el peso de los problemas y de las circunstancias.

Cuando sus pasos le guían fuera de la habitación, observa como José María camina hacia el patio para sentarse en los sillones ubicados en el fondo del jardín, que antes impregnaba la postal de la beba y su madre.

En ese fondo tapizado de arbustos que crecen en otoño como bignonia, o los suaves colores de los crisantemos, se produjo la descarga sentimental que ambos necesitaban.

Al llegar solo atina a abrazar a ese hombre derrumbado, y mientras espera el momento oportuno para que le cuente lo sucedido, acaricia su cabeza como un ángel celestial, apoyando el rostro de aquel hombre en su estómago.

El detalle de lo acontecido esa mañana, se desparramó en el lienzo, en la voz entrecortada de José María.

Las lágrimas de ambos enjuagaron los dolores, miedos, conjeturas e incertidumbre.

José María esperaba alguna palabra de reproche, regaño, tirada de orejas, retos, culpas, gritos, en fin algo que le indicara que su mal comportamiento ameritaba por lo menos una reprobación y posterior castigo.

Aguardaba cual animalito que supone haber hecho algo malo y que su amo con severidad lo reprenda.

Patricia respiró profusamente varios segundos, y al terminar de exhalar, mira los ojos rojos de su esposo indicándole con suave sollozos...

-No puedo decirte que hiciste bien o mal, ni puedo condenarte por lo que ya ha pasado, tampoco puedo subirme al pedestal de la moral y de la Ley, ni mucho menos tirar bíblicamente la primera piedra... no puedo... no puedo.

Tampoco puedo recriminarte el hecho de no haberme contado esto antes, ya que entiendo que eso hubiera significado un dolor adicional y quizás hasta nuestra beba convaleciente hubiera sentido esa penosa circunstancia de dolor de sus padres.

Toma el rostro de su esposo con sus manos, lo mira dulcemente, y prosigue...

-Estoy muy orgullosa del padre que tiene mi hija... un hombre que puso todo lo que tenía que poner para salvar la vida de ese pedacito de cielo...

Mientras José María se desase en lágrimas, ella continúa...

-Muchos padres en tu lugar, quizás hubieran esperado hasta conseguir el dinero, o aguardarían alguna ayuda divina. Y si eso no sucediera, seguramente se consolarían con el acostumbrado "es la voluntad de Dios, resignémonos...", eximiéndose de cualquier responsabilidad de la suerte de su hija.

Tú, mi vida, has tomado el camino más riesgoso y doloroso, que supone arriesgar todo por la vida de tu hija. Esa decisión, permitió que Paulita esté muy bien ahora con nosotros.

Vuelve a acariciar sus cabellos, mientras que con mas dulzura, le expresa...

-No puedo afirmar si fue correcto moralmente el camino que has elegido para buscar la solución en un momento tan complicado como fue la grave situación de salud de Paulita, pero sí estoy segura, que esa decisión con la ayuda de Dios, salvó a nuestra hija. Estoy muy orgullosa de lo que hiciste. Te amo mi vida...!

Capítulo 11

Se aprontaba para salir del hospedaje, a fin de cumplir su segundo día de trabajo en aquella escuela rural de la Patagonia, cuando de repente siente los ladridos de Lázaro.

Al darse vuelta puede admirar como Liliana caminaba lentamente por esa vacía y tranquila calle con el mismo destino que el nuevo maestro.

Acaricia al ovejero alemán que se detiene a sus pies, mientras espera a la directora de la escuela que se una la reunión tripartita.

Esa caminata en subida, les da la posibilidad de volver a comunicarse, está vez mas distendidos, con nuevas energías, y dialogando de muchos temas menores, como la hermosura del horizonte, el sol que desenvainaba en su lado derecho, y algunos comentarios sobre los alumnos.

Ya concluida la jornada, José María espera a la directora en la calle, para emprender el regreso, esta vez sin la compañía del querido Lázaro.

Liliana esperaba algunas palabras sobre esa pregunta que le había llamado la atención, pero con mucha sabiduría de mujer, no presionó para que se produjera la charla esperada.

José María le pregunta por su familia, a lo que Liliana le comenta, que estaba felizmente casada, que tenía una hermosa hija de seis añitos. Que su esposo era viajante, es decir comerciante que va de pueblo en pueblo llevando muestrarios de productos especialmente veterinarios, y que regularmente una o dos semanas al mes se encuentra viajando por la zona.

-¿No te molesta la ausencia de tu esposo?

-Al principio fue una guerra campal… sonríe la directora mientras prosiguen caminando en bajada.

-Sentía celos de todo y de todas, imaginaba que tendría mujeres por todos lados, familias paralelas, en fin, me creaba películas de situaciones, que al final me devoraban y hacían mella en mi matrimonio.

-¿Y cómo lo superaste?

-Un día mi esposo cansado de los ataques de celos, me obligó que lo acompañase a unas de sus visitas quincenales.

-¿Y...?, ¿qué pasó..?

Liliana suelta la risa...

-Las mujeres que pretendían a mi esposo, o mejor dicho las que yo imaginaba que tenían contacto con él, eran en realidad señoras mayores, que adoraban los animales y visitaban asiduamente a veterinarios. Para cuidar a sus mascotas compraban muchos productos veterinarios, que mi esposo vendía. En definitiva nos estaban dando alimentación a nosotros.

Ahí me di cuenta que los problemas en realidad los generamos nosotros mismos.

Desde entonces, me obligué a confiar en mi esposo, y él hace lo mismo conmigo, ya que la misma oportunidad de una desventura marital la puede tener él o yo.

Desde entonces estamos más unidos, y esas leves ausencias, estimulan el anhelo desesperado del nuevo reencuentro.

-Que linda historia...

-No sé realmente si es linda o fea, pero es la mía...

Mirando a José María como esperando que él cuente la suya, se hace una pausa de varios segundos...

José María sabía que debía confiar en alguien, o de lo contrario explotaría por los aires. Y la verdad hallaba en su jefa la persona adecuada, mesurada al hablar, siempre buscando el lado positivo a las cosas, y sobre todo evitando hablar de terceras personas.

Sabía que debía descargar su mochila de alguna manera. Por lo que luego de varios metros sin decir palabras, le pregunta a su jefa:

-¿Tienes tiempo para escuchar una historia?...

-Mira, casualmente, hoy tengo mucho tiempo. Ya que mi hija está con su abuela, y mi esposo viajando.

-¿Me aceptarías un café?

-No...

-¿No?

-Mejor una cerveza... sonríe Liliana mientras observa la reacción aliviada de José María al escuchar esas palabras.

Caminan unos quinientos metros, y al llegar a una esquina su jefa le señala el lugar donde venden las mejores cervezas artesanales.

José María muy contento con el dato, le acepta el lugar y caminan buscando una mesa donde poder sentarse y dialogar largo y tendido.

Liliana saluda con el nombre de pila al dueño del lugar, le pide una marca en especial que José María no logra descifrar, y cuando traen la cerveza con dos platos soperos, uno de maní pelado y otro con papas fritas, José María entiende que esa botella marrón transparente de casi un litro de cerveza, no alcanzará cuando ambos platos estén devorados.

Para descomprimir la situación, mientras ambos beben el primer sorbo de cerveza negra, le cuenta que en ese lugar se fabrican cervezas artesanales, y que el sabor de las mismas es diferente pues utilizan métodos alemanes sin conservantes. Le explica la breve historia de los dueños del lugar, y otros datos de la composición de la bebida que estaban tomando.

Ambos se sentían tan cómodos en el dialogo de banalidades, que hicieron percibir al forastero como estar sentado en su propia casa. Fue la primera vez desde que tuvo la obligación de huir de Rosario, donde se sintió cómodo y cuidado.

Claro que en su mente, alma y corazón faltaba Patricia y la beba hermosa, pero desde los agitados momentos, ese día pudo distenderse seriamente.

No sabía si era esa sensación de comodidad, o el efecto alcohólico de la cerveza, lo que le posibilitó abrir los pesados cerrojos de su historia, y comenzar a ventilar los motivos por los cuales su presencia ameritaba reposar en Villa Traful.

Cómo un cuentista experimentado, optó por glosarle a Liliana desde el principio de su historia, comenzando en cómo inició su trabajo en el Banco de la Nación Argentina, cómo conoció su primer amor, su casamiento, las vicisitudes con su primer hijo, su segundo intento, la llegada de Paulita y las demás concatenaciones de vivencias hasta su despido deshonroso.

Mientras en la mesa de aquel lugar se encontraba ambos platos casi vacíos, Liliana continuaba absorta y expectante ante la descripción del relato de José María.

Solamente interrumpió la descripción, para ir al baño, y a su regreso, obligó a retomar la historia desde el punto específico donde se había cortado.

Regularmente José María paraba su relato para beber otro sorbo de cerveza y deglutir esos ricos maníes ya pelados totalmente salados, que provocaban más ganas de hablar y de tomar. Liliana bebía diminutos sorbos de cerveza, como queriendo acompañar a su maestro, pero sin la intención de beberse litros y litros de aquella bebida.

-Menos mal que mañana es sábado y no tenemos que trabajar... comentó Liliana, mientras tomaba otro sorbo de esa sabrosa cerveza artesanal.

Al llegar el momento de la reunión con Patricia en el Jardín, y recordar las palabras que su esposa le había comentado luego de su despido, Liliana hace una pausa para secarse las lágrimas que le caían por las mejillas.

Claro, sentimientos encontrados del deber, la justicia, la moral, la ley, contra el deber de un padre por salvar la vida de su hija...

-¿Qué decisión...? Comentó suavemente Liliana...

José María, esperaba algún tipo de reproche, o comentario negativo sobre lo relatado, pero quedó sorprendido cuando escucho:

-Soy madre, y ahora sé que por la vida de mi hija haría cosas que nunca habría imaginado hacer, hasta de matar, o dar mi vida por ella. Por ello, creo que lo que has hecho está lleno de valor y de amor…

Un gran alivio sintió José María que esperaba alguna manifestación negativa por parte de su jefa.

-No, con lo que me has contado, seguramente hasta mataría a cualquiera por salvar la vida de mi hija…

José María le devuelve un gesto de agradecimiento por no reprobar sus decisiones.

Luego de tomar otro trago, Liliana, como queriendo saber más de la historia, le pregunta:

-¿Y…?

-Y… ¿qué…?

-Pues hombre, ¿qué paso después de eso…?

-El desempleo…

Capítulo 12

Liliana le vuelve a llenar el vaso con cerveza, como para animarlo a continuar con el relato.

Había muchas cosas que la pareja tenían en claro.

Por un lado, ambos sabían la incomodidad de seguir viviendo en la misma casa, con los mismos vecinos, conocidos, y sobre todo con las futuras acusaciones mordaces que probablemente con su dedo acusador harían de su existencia un calvario permanente.

Por el otro, necesitaban imperiosamente conseguir un trabajo para la manutención familiar. En ese aspecto, Patricia no podía laborar al menos por el momento mientras que la beba esté amamantando, ya que si Patricia trabajaba, demandaría la contratación de una persona para que cuide a la beba, y en las circunstancias actuales eso sería improbable.

También era cierto que trabajar en Arroyo Seco luego de la carrera del chisme, representaba para José María toda una utopía.

Se mudaron ese fin de semana, dejando atrás el recuerdo de aquel pueblo que le diera cobijo por bastante tiempo.

Recalaron en la casa de una tía de José María, ya fallecida, que se encontraba deshabitada.

Esta cesión de uso de la vivienda, beneficiaba a los herederos para que cuidara la propiedad de posibles deterioros y sobre todo de usurpaciones, muy común en la zona sur de Rosario. También evitaría el costo mensual servicios e impuestos de la propiedad, que a partir de ese momento estarían a cargo de José María.

Por su parte, a la familia le permitiría habitar en una casa amplia, cómoda, ediliciamente en buen estado, con lugar para guardar su vehículo, evitando así el costo de un alquiler o arrendamiento.

Ya instalados en la vivienda, José María inicia su periplo por conseguir un trabajo.

Desparrama centenares de Currículum Vitáe, a empresas, negocios, bancos, entidades sin fines de lucro, vecinales, tiendas, farmacias, kioscos, despensas, distribuidoras, bares, restaurantes etc.

No procuraba obtener un cargo en especial, sino solo un puesto de trabajo que le permitiera el sustento de su familia.

Su habitual madrugar para visitar el Bar de la calle San Martín y Arijón, con el único fin de visualizar en forma gratuita la sección de ofertas de empleos del diario "La Capital" de Rosario, hacían que su rutina se iniciara a las cinco de la mañana y terminara muy tarde, sin ninguna respuesta tangible.

Pronto se da cuenta que superar los treinta y cinco años no significaba una ventaja competitiva en materia laboral, sino un serio problema.

Lo que para algunos contratar una persona de mayor edad implicaría contratar experiencias, compromisos, mayor bagaje de herramientas laborales, tener visión de soluciones y oportunidades, para la mayoría de las empresas, representa solamente un mayor costo laboral a afrontar, con hijos y esposa a cargo, mayores aportes patronales, a la seguridad social, sindicales, médicos.

Saber que para algunos trabajos estás muy calificado y para otros te falta muchísimo, denotaba lastimosamente que estás en la banda estadística de los desempleados, y José María se situaba en la escala condicional ya de los desesperados.

Es allí cuando le sobreviene como tortura dialéctica las decisiones que le condujeron a ese momento de desesperación.

La enfermedad de su amada beba, los años vividos al servicio de aquella entidad financiera, su puesto de trabajo en Rosario y en Arroyo Seco, las comodidades laborales, el sueldo que percibía, los compañeros de trabajo, los bonos anuales cerca de fin de año, y también del camino que tomó para llegar a la actual circunstancia.

Ya pasadas tres semanas de su aterrizaje en Rosario, y luego de asistir a cuando puesto de trabajo se publicara o tuviera noticia, en un estado total de tristeza, decide dialogar esa misma noche con su esposa para que lo ayude a visualizar el horizonte cuesta arriba que se empinaba de manera insolente.

José María, luego de varias horas de proponer medidas tangenciales de potenciales salidas, desesperado, le propone a su esposa como último recurso, la conveniencia de vender el automóvil familiar, único elemento que pudieron mantener de los largos años de trabajo de ambos. Esa venta de la unidad se realizaría con el único fin de hacerse de capital, mientras continúa la búsqueda desesperada de una fuente laboral.

El automóvil representaba muchas cosas. Representaba el ahorro que pudieron hacer durante años, la movilidad tan necesaria con una beba tan pequeña y en la situación de salud tan delicada. Representaba lucha, privaciones y sacrificios de varios años.

Desprenderse de ese vehículo evidenciaría despegarse del último bastión de pertenencia a una situación económica de una clase media acomodada, a un estado de desesperanza que lo enfila de manera presurosa en las postrimerías de la indigencia.

El automóvil representaba el pase de una situación de bienestar, a un estado total de abandono social.

José María conocía el hecho de que la mujer, es el alma de la familia. Definitivamente hay que aceptarlo, agradecerlo y hasta magnificarlo.

Son nuestras madres quienes nos cobijan de los problemas cuando somos niños; quienes nos guían al momento de crecer y desarrollarnos, quienes nos colaboran cuando estudiamos; nos eligen el colegio, la escuela secundaria y hasta la Universidad; quienes nos ayudan o asesoran a vestirnos en la edad de púberes, a comprar vestimenta, cuidarnos en la enfermedad. En definitiva son ellas las que de alguna manera nos permiten ser lo que somos en la vida. Ya al momento de casarnos o en pareja, son nuestras mujeres las que toman la rienda de nuestras vidas y nos conducen por los mares tempestuosos de la existencia. ¿Cómo negar el valor, la necesidad y la importancia de las mujeres en nuestras vidas?

José María entendía que Patricia representaba a la perfección el rol de esa mujer que tomaba las decisiones adecuadas en el momento oportuno, ya que la culpa desde hacía bastante tiempo, le recordaba su subconsciente segundo a segundo, que las decisiones que él tomó en soledad, lo llevaron al descalabro financiero por la que estaban atravesando. Había salvado la vida de su hija, pero estaban en una situación desgarrante.

Cuando José María le comenta por segunda vez la intención de vender todo lo que tenían, en especial el automóvil familiar, Patricia con actitud seria y decidida se opone rotundamente ante tal posibilidad.

Lejos de aceptar irresolublemente la situación lastimosa por la que atravesaban, y como contrapunto dialéctico, le propone otra solución a su esposo.

Ante tal seguridad en las palabras de su amada, José María solamente atina a escuchar el veredicto de la implacable jueza.

Patricia, le comenta, que en el Supermercado que está ubicado enfrente del Casino, en los límites sur de la Ciudad donde nace la autopista que lleva a Buenos Aires, hay algunos autos que desarrollan tareas clandestinas de conducir personas a un valor menor que los taxímetros. Son los denominados remises ilegales.

-Mira, lo único que nos queda es el auto, y muy cierto es que lo necesitamos, principalmente por Paulita.

¿Por qué no lo intentas para ver qué pasa en ese lugar, trabajando como conductor, mientras vemos cómo podemos encontrar un trabajo? De seguro que si fuera necesario me pondría a trabajar de cualquier cosa, aunque sea limpiando casas o lavando ropas, o lo que sea.

Al ver la actitud tan decidida de su esposa, no pudo más que aceptar esa alternativa.

Patricia sabía que si vendían el automóvil, no lo podrían adquirir nuevamente, ya que el valor de recompra de un vehículo en las situación tan particular era inalcanzable.

Gracias a las tareas desplegadas en el Banco, más créditos y luego de varias ventas de otros vehículos usados, además del esfuerzo cotidiano de ambos, habían podido comprar un automóvil nuevo, considerado de alta gama, como es el VW Bora, de color gris, con vidrios levemente polarizados, llantas de aleación, y un equipamiento interior envidiable.

Ese automóvil proyectaba unas líneas y prestancia que certificaban de alguna manera el cuidado por parte de sus dueños, dando imagen de elegancia, que al solo pasar una mirada por su estado general, brindaba la leve impresión de ser un automóvil de alguien adinerado. Claro, muy lejos de la realidad de dicha familia.

Discurren sobre los puntos a favor y en contra de la decisión de utilizar el Bora como remise, ya que si lo detectan en algunos controles rutinarios por parte de agentes de tránsito, sería confiscado y conducido al Corralón Municipal por infringir las normas de habilitación, y para el conductor que infringe tales normas, la suspensión del permiso de conducir por bastante tiempo. Eso sumado a las multas dinerarias excesivas por la gravedad del hecho.

También sabían que todo se podía arreglar con un dinero extra ofrecido a los inspectores o la policía.

Era un riesgo.

No tenían muchas opciones a la mano, por lo que a la mañana siguiente, José María se estacionaría en la puerta de aquel Supermercados en busca de clientes.

Patricia seguía su ritual de rezos, plegarias y pedidos a los Santos, a la Virgen, a Jesús y a Dios, para que los protegiera y le ayude a su esposo a campear la difícil situación de desempleo, y la falta acuciante de ingresos que repercutía en alimentos, vestidos, impuestos, medicamentos de su beba y hasta la moral de la familia .

La mayor preocupación de esos padres era la necesidad de tratar a Paulita en el servicio médico público, y el deterioro que eso significaba, no por la atención de los profesionales, sino por la aglomeración y demora de los turnos, la baja calidad edilicia de los centros de salud, así como la falta de medicamentos.

Todo el día José María estuvo fuera. Patricia no tuvo noticia de su esposo en toda esa jornada. Tampoco quería llamarlo o comunicarse con él, por el miedo propio de esperar la peor noticia, seguir en el desempleo y falta de recursos.

A llegar la tarde, casi noche, se escucha el regreso del patriarca de la familia, estaciona el auto en el garaje, apaga el motor del vehículo, y se oye el ruido de la apertura y cierre de la puerta del conductor. Abre la puerta de acceso interior y de inmediato puede ver como su esposa y su hija lo espera expectante, ansiosas y desesperadas de información.

José María, fingiendo serenidad, raudamente fue delatado por esos ojos que el día anterior aletargaban desasosiego, pero al salir de aquel lugar de estacionamiento, iluminaban cual farol perdidos en las extremidades de los fiordos noruegos.

No hubo diálogo. Se miraron unos segundos, y mientras el amor se reflejaba en las pupilas doloridas de la batalla por la subsistencia, José María extrae de su bolsillo, un envoltorio de billetes ajustados por una banda elástica, que tenía en su vehículo, residuo de su antiguo trabajo como empleado bancario.

A primera vista se veían unos billetes. Pero al abrir el paquete se vislumbra una importante cantidad de dinero.

La alegría de ambos obligó a que José María sostuviera de manera imprevista a Paula en sus brazos, mientras Patricia lo besaba y abrazaba animadamente.

Habían encontrado una solución temporal a sus angustiantes problemas de fondos, sin saber que esa solución temporal se convertiría con el tiempo en la llave de la puerta de su desgracia definitiva.

Capítulo 13

Luego de las alegrías, llanto y los interminables abrazos, llegó el momento de contar información detallada de lo sucedido.

José María le comenta a Patricia, que tuvo que conversar, o mejor dicho, arreglar monetariamente con un grupo de personas que organiza desde la clandestinidad los viajes y la cantidad de personas a transportar.

Lastimosamente vivió en carne propia los detalles por los cuales deben pasar muchas personas que no pueden cumplir estrictamente con cada punto de las normas y procedimientos sobre las habilitaciones, permisos y otras reglamentaciones para conducir un vehículo de transporte de personas, y aún así necesita desarrollar ciertas actividades con el fin de conseguir fondos para la manutención familiar.

En el detalle de información volcada a su esposa, le comenta que la policía, los inspectores municipales, y hasta los encargados y gerentes del hipermercado, estaban al tanto de los viajes clandestinos, recaudando parte de los pagos retenidos por trabajar en sus playones.

El concepto era claro, si quería trabajar, debía abonar un cierto monto como si fuera un canon tácito, y ese dinero sería repartido entre estas personas que sabían de la ilegalidad del trabajo, pero hacían la vista gorda de la situación.

Demás está decir que a José María, no le importó contribuir con ese canon dinerario, siempre y cuando pudiera llevar algo para la manutención de su familia.

Con el correr de los días, llevaba más dinero al hogar que cuando trabajaba en el Banco, por lo que su interés de buscar un trabajo formal quedó relegado.

Mientras transcurrían los días y José María de manera regular trabajaba como conductor de remise clandestino, muchas de las situaciones se acomodaron, volviendo a distenderse las relaciones con su esposa, con los amigos, familiares y vecinos.

La primera acción que realizaron como familia, fue la de contratar un servicio médico privado para su hija.

Como familia unida, recorrían los interminables parques diseminados por toda la Ciudad, como el obligado recorrido por el Monumento Nacional a la Bandera, o el Balneario la Florida al norte de la ciudad, o las caminatas por la Rambla de Cataluña, el laguito del Parque de la Independencia, las caminatas por el Parque de España, a las misas dominicales de la Catedral, o a esos pequeños viajes a los alrededores de Rosario, circulando por la ruta AO12, y compartiendo charlas, proyectos, sueños, miedos.

Poco a poco José María se adecuó en el engranaje clandestino del transporte de personas de la zona Sur.

Su servicio era muy codiciado, ya que tenía un automóvil de alta gama para conducir a personas que realizaban compras en el gran hipermercado y debían llevar los paquetes o mercaderías a sus hogares, pero no tenían vehículos propios.

También algunas personas que visitaban el Casino, ubicado en la ochava próxima al supermercado y preferían evitar la extrema sociabilidad de ciertos taxistas, solicitaban sus servicios.

Los que organizaban los viajes, recibían más estipendios cuando se estacionaba José María, por el interés de los clientes por ser transportado en ese automóvil, circunstancia que provocaba alegría por parte del chofer y muchos celos por parte de sus pares.

Se estableció una suerte de conexión directa entre los clientes y el nuevo chofer, sin que José María tenga la necesidad de esperar en la puerta del Hipermercado.

En ese momento, tal como decía la letra de un tango "la vida te sonríe y canta...".

Sus vidas se orientaban de manera positiva de un aletargado tiempo de desesperación, a un estado de mejoramiento progresivo.

Todo se encaminaba a una meseta de estabilidad económica, emocional, de completa quietud y felicidad, hasta que llega esa especial jornada.

Los seres humanos siempre tenemos presente en nuestros archivos mentales un hecho, un acontecimiento, una fecha, una hora, un detalle, que cambia el curso de todo lo que en apariencia nos era perfecto.

Ese momento que cambia nuestras vidas, le había llegado a José María.

Un viernes al medio día, suena el teléfono celular de José María solicitando que busque a un cliente, no en la puerta del lugar de venta minorista al detalle, sino en el edificó que se ubica en la ochava opuesta.

En esa enorme edificación se encuentran dos torres muy altas y un enorme edificio. Conglomerado de Hotel de cinco estrellas y Casino de Juegos de Azar, similar a los que se observan en Las Vegas.

El llamado procedía de uno de los organizadores de la red de transporte clandestino, cuya base de operaciones estaba en el Restaurante del imponente Casino, indicándole que un cliente muy importante requería de un chofer de mucha confianza y que pagaría en dólares por los servicios que se le preste.

Cuando se hablaba de cliente de mucha importancia, en el lenguaje de transporte clandestino, se expresaba como una persona de gran poder económico, financiero, de poder político, de poder judicial, en fin, se hacía referencia a una persona de mucha influencia, como un empresario, personajes millonarios, periodistas famosos, actores, gobernadores, intendentes, jueces, etc.

Luego de arreglar por teléfono algunos datos del servicio a prestar y los pormenores sobre la confidencialidad solicitada y demás detalles necesarios para este tipo de tareas, José María se apesta a buscar a su nuevo cliente.

Al llegar a la entrada del edificio y después de preguntar por la persona indicada, el recepcionista que se encontraba en el vestíbulo del Hotel le indica que concurra al tercer subsuelo.

Estaciona el vehículo y del ascensor vidriado aparece una persona de unos cuarenta y cinco años, de un metro noventa de estatura, delgado, pelo corto, peinado a la gomina, con la piel bronceada, indiscutiblemente del venerado sol caribeño, o quizás de alguna playa paradisíaca.

Desde lejos se pueden admirar esos zapatos de charol que a cada paso esboza una luminosidad tan peculiar, que sumados al traje de sastre color gris plomo, camisa de seda rosa con su respectiva corbata al tono, daban la propiedad de ser una persona muy importante. Tanto por la calidad de sus prendas y su forma de caminar, infundía la sensación de ser una persona con una abultada billetera que podría ostentar un amplio poder de pago y de gastos. Son de esas personas que al solo mirar, uno se da cuenta que tiene mucho dinero y clase.

Al acercarse al vehículo escoltados por cuatros personas muy bien vestidas, pero no de la forma que el caballero elegante demostraba, miran al conductor y le susurran al oído, que raudamente es desaprobado por una señal con la mano del elegante caballero, como indicándoles que se retiren de inmediato.

José María sale de su vehículo, para recibirlo, se para en forma casi militar con sus brazos a ambos lados de su cuerpo, apoyado apenas en la puerta izquierda de su automóvil.

El conductor no desentonaba en cuanto a la elegancia en su vestimenta. Claro, no era de la misma textura y calidad del género, pero se ajustaba a lo requerido para la ocasión. José María, esbozaba un pantalón de traje azul delicadamente planchado, zapatos negros, camisa blanca y una corbata en tono azul y blanco en degrade. El saco del traje se encontraba acomodado en el asiento delantero. Definitivamente daba muy buena impresión.

Ese gesto de salir del vehículo al solo ver el arribo del caballero y esperarlo parado, al nuevo cliente le agradó muchísimo.

Se presenta a José María, le extiende su mano en forma de saludo cortés, comentándole que su nombre es Cesar Caisedo Moreno.

El elegante chofer le devuelve el saludo y se presenta indicándole su nombre completo.

El pasajero le devuelve una sonrisa, le indica que se hospedará en el Hotel donde se encontraban en ese momento y su permanencia sería por unos diez días aproximadamente.

Le revela que recibió amplia recomendación de sus servicios como chofer, le detalla que le agradaría mucho que fuera su conductor mientras esté en la Ciudad, lo cual recompensará muy bien por esos servicios.

La única condición que pone el caballero para finalizar el proceso de contratación verbal, es la reserva total de información de todo lo que suceda en esos días en que utilizará sus servicios.

José María le indica que no habría problemas en cuanto a su trabajo, seriedad y profesionalismo. En relación al costo, mientras intenta comentarle que ya había arreglado el precio con el coordinador que lo había llamado, este hombre saca un sobre de su chaqueta entregándoselo al nuevo conductor.

-Puede abrirlo, le indica el Sr. Caisedo Moreno, mientras espera la reacción de su nuevo chofer.

José María abre el sobre y a primera vista puede observar varios billetes de U$S100, dinero que representaba casi un mes de trabajo.

Le indica el señor Caisedo que semanalmente recibirá la misma suma de dinero mientras esté en la ciudad.

Le reitera la imperiosa necesidad de contar con la mayor discreción, en cuanto a los lugares que acudirá durante su estadía, así como de las personas que visitará en las reuniones de negocios.

Le comenta que tiene chofer propio, pero que no conoce la ciudad, por ello opta por contratar sus servicios de manera exclusiva.

-¿Acepta?

José María, pensando en el bienestar de su familia, en el destino dará a ese dinero y recordando rápidamente las vicisitudes que habían pasado durante esos largos días, el desempleo, las necesidades económicas, los requerimientos de una beba recién nacida y convaleciente, las necesidades de su esposa, en fin todas aquellas preocupaciones que motivaran que se arriesgue a conducir de manera ilegal, hicieron que no dudara un segundo en aceptar el trabajo y a echar a rodar el Bora por las calles de Rosario.

Si algo había aprendido José María de su trabajo como chofer, era la necesidad de los clientes del menor diálogo. Evitar encuestas, preguntas, pláticas innecesarias propias de algunos taxistas, que de manera coercitiva entablan conversaciones en momentos inapropiados, o interrogantes indiscretos que rayan la desubicación total.

José María, sabía que su vehículo era un lugar de alquiler, y ese lugar era tan intimo, tan especial, que muchos de sus pasajeros lo utilizaban para meditar, pensar, auto cuestionarse, hablar en soledad, o simplemente llamar al deseoso silencio en una urbe que nunca para de hacer ruido.

Entendía lo preciado que era el silencio y la discreción para sus pasajeros.

José María cuando transportaba personas en su automóvil se limitaba a realizar pocas preguntas, como el lugar donde conducir, el volumen de la música de la Radio FM, o contestar brevemente las consultas de sus pasajeros, tratando siempre de no familiarizarse y no pasar la delgada raya del respeto y de la distancia necesaria del delicado trabajo.

Nunca le llamó la atención los lugares donde conducía al Sr. Caisedo Moreno, toda vez que las direcciones eran edificios muy bien ubicados en la Ciudad, generalmente en la zona céntrica o en el norte, donde el nivel socioeconómico es muy alto.

Este hombre viajaba solo, sin maletín o paquetes, solamente con un teléfono celular de alta generación y mucho dinero en sus bolsillos.

Cierta vez, José María se imaginó que los escoltaban en un vehículo, pero pronto se percató que era imposible, ya que cuando doblaba raudamente en avenidas para ver si lo seguían, no encontraba nada fuera de lo normal.

En las noches lo liberaba a esos de las veintiuna horas, quedando este adinerado personaje de nuevo en el hotel del Casino.

Tanto a Patricia como a José María, no les parecían desubicado el manejo de este hombre, toda vez que en ese hotel se hospedaban celebridades del cine, la televisión, modelos famosas, empresarios, magnates de todo el mundo y en especial los que querían distenderse del bullicio de Buenos Aires y a tan solo tres horas pasaban días espectaculares en la Ciudad que mira al Río caudaloso.

Después de la segunda semana, el Sr. Caisedo le indica que se va del país, que su regreso estaría previsto dentro de un mes aproximadamente y a su retorno esperaba contar con sus servicios nuevamente. Le comentó lo agradecido que estaba por su profesionalismo, su manera de conducir, sus silencios y su respeto por la intimidad.

Antes de despedirse de su chofer, le pregunta ¿Cuánto dinero en dólares americanos gana al mes por su trabajo regular?

José María sin saber que contestar por la inusual pregunta, solo atina a responder

-U$S 1000.00

Este hombre hace una seña, y de repente aparece un secretario trayendo un maletín con cerradura electrónica.

Lo abre con un aparato que tiene en su muñeca que al sólo acercar destraba los pestillos, extrayendo un sobre que le entrega a José María.

-Esto servirá para que este tiempo que no estoy en la Ciudad pueda optar por no trabajar, si así lo prefiere. Solo le pido que a mi regreso esté disponible.

José María agradece el gesto inclinando levemente su cabeza, y cuando intenta elaborar algún tipo de oración en agradecimiento, este hombre le saluda con una sonrisa, pega media vuelta y rápidamente se retira.

Al verlo alejarse, puede visualizar como de las sombras, o detrás de las columbras del estacionamiento subterráneo a medida que avanza aparecen nuevos escoltas que se suman a la comitiva de este supuesto empresario.

Al ver ese peregrinar de personas, se vuelve a cuestionar ¿cómo en los días que lo condujo por Rosario, nunca llevó a ninguna persona en el vehículo?

La desesperación por abrir el sobre que le había entregado pudo más que los cuestionamientos absurdos que su mente le presentaba.

José María se sienta en su habitáculo, cierra la puerta del vehículo desesperado por ver que contenía el sobre cerrado, lo rompe en su extremo y encuentra un fajo de billetes de moneda norteamericana cuya denominación unitaria era de 100. El total del aquel fajo era de U$S 5000.00

Era mucho dinero, por esperar varios días, momento en que nuevamente regresaría a la ciudad.

Claro, los magnates no tienen idea del valor de las cosas, se imaginaba mientras recontaba cada billete para no errar al momento de contar la novedad a su esposa.

Lo que si representaba ese dinero para este chofer clandestino era algo así como cinco meses de trabajo regular.

Podría hacer arreglos a la casa, comprar ropa para su esposa y su hija, hacer mantenimiento al automóvil o cambiar por un modelo más nuevo, comprarse ropa más elegante para trabajar, legalizar su vehículo, en fin, había muchas opciones, así como necesidades inminentes.

Aunque seguía anhelando el puesto en su amado Banco Nación, la realidad actual le colmaba ampliamente sus expectativas.

Cierta noche, mientras cenaban, le llegó la duda a ambos sobre el origen de los fondos del Sr. Caisedo Moreno. Ante ello, José María intentaba convencerse a sí mismo y a su esposa diciendo:

-Mira Patri, este hombre es muy educado, siempre viaja sólo, no tiene escoltas, guardaespaldas, no lo he visto que lleve armas de fuego, los lugares donde visita son muy elegantes, todos empresarios, por lo que seguramente hará negocios inmobiliarios o en la Bolsa de Valores, ya que en la segunda semana tuvo reuniones en el edificio de la calle Córdoba y Corrientes, donde opera el ROFEX el mercado de futuros y opciones.

Sin darle más importancia al tema, siguieron dialogando sobre los pequeños proyectos que tenían como familia, sobre la salud de su beba que mejoraba a diario, por lo que las dudas sobre el mecenas extranjero quedó casi en el olvido.

José María aprovechó esos días para hacer mantenimiento exhaustivo a su automóvil, además de comprar un sinnúmeros de detalles para su esposa e hija.

Ya no necesitaban tantos viajes para poder subsistir por el momento, por lo que se daba el lujo de elegir los llamados, principalmente de visitantes hospedados en el Hotel del Casino.

A los cuarenta y cinco días de la partida del Sr. Caisedo Moreno, recibe un llamado en su teléfono celular, contactado por una mujer con acento centroamericano, muy educada, donde le comunicaba que el Sr. Caisedo Moreno estaría en el aeropuerto Internacional de Ezeiza en Buenos Aires un día determinado, si pudiera hacer el favor de pasar a recogerlo. De muy buena predisposición, raudamente aceptó ese encargo.

A la hora y día señalado estuvo presente en el Aeropuerto Internacional de Buenos Aires, condujo tres horas hasta llegar a Rosario y desde allí la travesía de viajes y traslados se fueron sucediendo de manera continuada.

Estos viajes y traslados duraron varios meses.

En esos traslados por la Ciudad, Don Cesar como lo llamaba José María en forma respetuosa, lo presentaba en todos lados como su asistente, y no como su chofer. Lo invitaba a almorzar en los mejores restaurantes y lugares lujosos de la Ciudad, como un colaborador muy cercano.

Regularmente le comentaba que agradecía que lo acompañase, pues al estar con un asistente local muchas cosas se facilitaban.

En esas largas horas de compañía, este hombre no le comentaba sobre sus actividades empresariales, solamente se limitaba a hablar lo justo y necesario. Tampoco le indagaba sobre su vida privada, sobre su esposa o hija. Él nunca se animó a inquirir algo sobre negocios o finalidades de su visita reiterada a Rosario, pues una de las cláusulas de su contratación era la absoluta reserva de todo lo que sucediera. Había un pacto tácito de privacidad extrema para ambos lados, por el cual era muy bien remunerado.

Con el tiempo José María ya era conocido en los lugares donde visitaban, le abrían las puertas, lo trataban igual que al propio Caisedo Moreno, aunque se consideraba a sí mismo como lo que era, un simple chofer clandestino en busca de un sustento para su familia.

Capítulo 14

Un silencio se produce al momento que el mozo del bar se aproxima para retirar las botellas vacías que se fueron sumando durante la charla.

Ambos se miraron por unos instantes, esperando retomar el diálogo, tan pronto se retire la persona que los estaba sirviendo.

El dependiente limpia con un paño la mesa de aquel bar patagónico.

Ese bar estaba construido con enormes troncos del lugar, pulidos en la parte superior, pero dejando en la parte inferior la rugosidad propia de aquellos árboles. Las mesas estaban acompañadas de sillas realizadas en la misma forma, barnizadas de tono brillante. La mezcla entre lo rústico y lo elegante, concebían un lugar muy cómodo, agradable y ameno.

Pensaba José María, que mientras vivió toda su vida en moles de cemento, con metales, plásticos y muy poca maderas, estaba allí, observando aquellas paredes, los techos a dos aguas, los pisos y los muebles de madera, percibiendo una serenidad particular, un aroma peculiar que aún emanan esas maderas y la sensación de placer absoluto el escuchar crujir los pisos, o golpear la mano en la mesa, o simplemente admirar cada detalle del delicado trabajo del carpintero.

Le pregunta a Liliana si necesitan algo más.

Con una mirada ingenua y leve movimiento de la cabeza, ella le pide que se retire.

Estaban en un punto en que ambos requerían llegar al clímax del relato.

José María, necesitaba imperiosamente desahogarse con alguien que pudiera entender lo que estaba sucediendo, contarle lo que había padecido, relatar palabra por palabra lo acontecido en esos largos días de desesperación, intentando que ese relato no pudiera ser usando en su contra en una especie de tribunal inquisidor.

En cambio, Liliana precisaba saber el motivo por el cual el nuevo maestro estaba tan lejos de su ciudad natal, y si su presencia en la escuela rural pudiera ser un riesgo para los chicos en el aula.

Pronto, la presencia del cantinero paso desapercibida, por los unánimes deseos de continuar el relato.

-¿Pero si todo estaba súper bien, qué paso...? Digo, ¿si ganabas grandes sumas de dinero, tu esposa e hija estaban bien, qué sucedió para que hoy estés aquí, alejado de ese mundo en apariencia beneficioso? Después de lo de tu hija, del despido del Banco, del desempleo, la mejoría con el trabajo de conductor, ¿qué pasó?

Unas lágrimas contenidas desde hacía tiempo fluyeron por sus mejillas.

-Sobrevino el principio del fin.

-¿Cómo es eso?

José María ya no necesitaba otro trago de cerveza para continuar su relato, con sólo mirar el horizonte perdiéndose en los recuerdos presurosos de su pasado reciente, le bastaba.

Reiniciando el relato, le describió a Liliana la visita nocturna del tío de Caisedo Moreno, don Anbur y todas las vicisitudes que esa noche representaron para su familia.

A la mañana siguiente de la visita, se entera que Cesar Caisedo Moreno, aquel benefactor que tanto le ayudara económicamente y al hombre que supo transportar por los recónditos lugares de Rosario, fue asesinado brutalmente, encontrándose el cuerpo a orillas de la autopista que conduce a Buenos Aires, con claros signos mafiosos.

-¿Cómo es eso de signo mafioso?

-No le habían robado nada, tenía atados sus manos en la espalda con unos alambres, y un papel en la boca que sólo la policía sabía que decía, y claro varios tiros en la cabeza. En el lugar se hallaron vainas servidas de varios calibres. Se supo que hubo diversos disparos y presumiblemente más heridos o muertos, ya que había mucha sangre en el lugar. Pero solo un cadáver se hallaba tirado.

Pronto se supo que Caisedo Moreno, ese cortes hombre de gentil trato y educados modales, en realidad era un Dealer, un distribuidor mayorista de estupefacientes a gran escala, presumiblemente de origen centroamericano o mexicano.

Su tío, don Anbur, lideraba los negocios familiares en el centro y norte de la Argentina, adoptando como base de operaciones la Ciudad de Rosario.

-¿Por qué Rosario, y no Buenos Aires, o Córdoba…?

-La Ciudad de operaciones no fue elegida al azar. Rosario estaba muy cerca de todo. A tres horas de Buenos Aires, de igual tiempo de Córdoba, Mendoza, Entre Ríos, estaba en el cordón central del país, cerca de Chile, Paraguay, Uruguay, Brasil, y tenía además el elemento más importante, el puerto internacional donde salían los barcos con cereales y aceite a todo el mundo.

Ese día en que tuvo la desgraciada visita del capo narco, se desataría una de las guerras por el poder de distribución y comercialización de substancias, cuyos resultados serían inimaginables.

Algún bando contrario, supo del movimiento de Caisedo Moreno, e intuyeron que su muerte representaría una baja importante en la red del comercio ilegal de drogas, y con ello seguramente restaría poder y contactos a la organización que lideraba el comercio.

No se sabía las implicancias ni los actores que tocaría esta batalla. Luego me comentaron que había políticos, jueces, policías, abogados, contadores, médicos, empresarios, en fin, todo un mundo de negocios e intereses cimentados mediante el comercio ilegal de drogas.

-Entiendo…

-La mala suerte para mi familia, es que Caisedo Moreno, recorría las calles en mi automóvil, y el mundo donde se movía este hombre había aceptado, afirmado y corroborado que yo estaba a su lado, que conocía todos sus movimientos, así como los intereses y sus negocios. Y lo peor de la angustiante situación era que el propio tío, capo narco, imaginaba que personalmente conocía quienes eran sus contactos y distribuidores de drogas en todo el centro y norte del país.

Un silencio inundó aquel lugar. Liliana solo atina a mirar fijamente a José María, como intentando digerir esta madeja de información cruzada que en el fondo se imaginaba levemente, pero no de la magnitud en las que el nuevo maestro la estaba expresando.

También intentaba saber, si lo que estaba escuchando era verdad, o simplemente una fábula de un hombre que quiere congraciarse y necesita algún tipo de ayuda cimentado en mentiras.

Luego de respirar unos segundos, Liliana irrumpe con una consulta que desde el principio le había llamado la atención.

-¿Yo, Jíbaro? Que significa. Digo, cuando te pregunté sobre el motivo de tu estancia en este lugar el primer día en que nos conocimos, solo me habías comentado eso. Aunque puedo imaginarme su significado, te ruego me expliques ¿qué significa?

-Luego de la visita de don Anbur, esa afirmación también era nueva para mí.

Muchos supieron de lo sucedido, distanciándose todos al instante, como si la mayor peste o enfermedad mortal estuviera presente en nuestra familia.

Exclusivamente el que coordinaba los viajes clandestinos, y quien se beneficiara de las reiteradas visitas de Caisedo Moreno, se animó a contactarme y a citarme en un lúgubre café de la zona sur, para informarme lo que estaba sucediendo y explicarme algunas cosas que en realidad ignoraba hasta ese momento, pero que todos ya conocían.

Me comentó sobre la procedencia de Caisedo, los nexos con don Anbur, sus intereses, y sobre todo el significado...

-¿Qué significado?

-Lo de Jibaro...

Me explicó que la palabra jíbaro tiene distintos significados según el lugar donde se exprese dicho vocablo.

Despectivamente al pueblo aborigen que habita parte del Ecuador y Perú los españoles antiguamente le denominaron Jíbaros.

Ese pueblo amazónico, en realidad se llama los Shuar, y aunque parezca ficción fueron casi inconquistables.

Ni el imperio Inca que intentó apropiarse de sus aldeas por los años 1490, ni los españoles con sus primeras incursiones y su afán de conquista en los años 1549, pudo con ese pueblo indígena.

Precisamente, fue allí cuando despectivamente los españoles le atribuyen el mote de jíbaros o xivaros, como sinónimo de salvajes, pues evidenciaron que los Shuar, practicaban el ritual del tzantza, o ritual de matar a sus enemigos, cortar y reducir sus cabezas.

Liliana observaba muy atentamente cada frase que dictaba José María.

-Pues, sí Liliana, los Jíbaros eran eso, reducidores de cabezas.

Desde esa antigua época, la cruel costumbre de los Jíbaros hizo que se esparciera en muchas regiones un mote de ser un pueblo temerario y de mucho respeto.

En la actualidad y como siempre hacemos los seres humanos, deformando el léxico gramatical e histórico, se utiliza en muchas regiones de Latinoamérica esa denominación para referirse a personas en formas negativas, incultas, bárbaras y muy temibles.

Por ejemplo en Puerto Rico tiene una connotación despectiva al referirse como jíbaro a personas de poca cultura o ignorantes. Antiguamente existía un dueño de la tierra, el terrateniente, que utilizaba manos al límite de la esclavitud, a esa mano de obra barata e inculta, a esos trabajadores precarios los denominaban como jíbaros.

En otros lugares de Latinoamérica, como Colombia o Venezuela, los jibaros son los Dealers o distribuidores de drogas.

En definitiva a Caisedo Moreno, el mote de Jíbaro no parecía ser incorrecto.

-¿Por qué no parecía ser incorrecto?

-Porque en un sentido amplio, Caisedo realizaba el trabajo de jíbaro contemporáneo.

-No entiendo...

-Claro Liliana, lo supe posteriormente. La función que desarrollaba Caisedo, este hombre amable, bien vestido, con estudiados modales, con mucho dinero y poder en la organización criminal, fue la de un gran Dealer y de un reducidor contemporáneo de cabeza. La función de Caisedo dentro del sistema de la red de traficantes, era la de encontrar filtraciones y tomar medidas extremas, hasta el propio hecho de reducir cabezas como los antiguos indios americanos Shuar.

Esa era la función por el cual el Jefe de la organización, don Anbur, había llegado una noche particular a visitar la morada de un triste conductor de remise clandestino en el pobre sur rosarino.

-¿Qué exigía este hombre, Anbur...?

-Estaba exigiéndome que al morir su sobrino y al tener la convicción errónea que yo estaba al tanto de todo los movimientos de Caisedo, debía tomar ese puesto de distribuidor de drogas y de reducidor contemporáneo de cabeza, con amplios beneficios económicos y políticos.

En definitiva me estaba requiriendo compulsivamente, a una persona que nunca supo llevar un arma, ni mucho menos disparar, que se convierta de la noche a la mañana, como líder de un ejército de mercenarios similar a la Gestapo Nazi.

Pues no sólo don Anbur creía eso, también muchos lugartenientes aceptaban que en Rosario, era el segundo al mando de esa policía interna dentro de la organización.

Respira unos segundos como para tomar aire y continuar el relato.

-¿Cómo puedo hacer esa tarea?, aunque quisiera, ¿cómo podría hacer dicha faena?, ¿dónde están los valores morales?, ¿y el respeto por la vida, por las personas?. ¿Cómo cuidar a mi familia?, ¿cómo mirar a mi esposa y a mi hija, a mis amigos, si aceptara trabajar de esa manera?

-¿Y si no aceptas?

-La muerte segura. No sólo la mía sino la de mi familia.

Esa es la decisión que debo tomar en poco tiempo…

Un suspiro interminable y casi al unísono sorprendió el recinto.

Estaba claro que sería un peligro inminente para los alumnos de la escuela, que el nuevo maestro siga en funciones.

Pero también sería apropiado que se pudiera ayudar a una familia desesperada que estaba buscando una salida, evitando tomar malas decisiones.

Muchas dudas surgieron en la cabeza de la directora de escuela.

-¿Sería moralmente correcto echar como a un perro sarnoso a este hombre que abrió su corazón y le comentó su problema franca y sinceramente?, ¿acaso todos los que vivimos en este pueblo no tenemos algo que ocultar, u ocultarnos de alguien?, ¿pero si dejo que se quede en la escuela, los chicos no correrían riesgos de atentados, balaceras, vendettas?...

Liliana, pronto trató de auto controlarse y de explicarse a sí misma, que en realidad, las lucubraciones que por su mente estaban pasando, era producto de ver muchas películas norteamericanas de gánster y seguramente todo ello sería una exageración mental.

En definitiva pensaba, -¿quien en su sano juicio pensaría que aquel ex bancario, hombre derrotado por las penurias humanas, devenido en conductor clandestino de remise, y que viviera en el humilde sur rosarino, se asilaría en un pueblo olvidado sobre la ladera de los Andes en la Patagonia Argentina?

Claro, se dijo al instante. -Muchos ex agentes Nazis se ocultaron por estos lugares luego de la culminación de la segunda Guerra Mundial...

Suspiró varias veces, como para oxigenarse más de lo acostumbrado.

No sé... no puedo pensar... son muchos los datos que debo digerir. No puedo tomar una decisión ahora.

-¿Qué harás ahora José María?

-No lo sé Liliana. No lo sé...

Capítulo 15

En la pequeña superficie de madera donde se asentaron las botellas vacías, los vasos utilizados en la durísima faena de recordar, repasar los miedos y las desdichas, fue el lugar justo y necesario donde bifurcaron de manera prevista la información que Liliana estaba necesitando.

Su nuevo maestro cargaba sobre sus hombros un bagaje de experiencias, miedos, sinsabores, desdichas y muchos peligros.

José María entendía que su puesto en la escuela rural corría serio riesgo. Más bien estaba seguro que sus días como maestro de escuela estaban contados.

Liliana a su vez, deducía que debía desplazar a su nuevo colaborar en pro de la seguridad de sus alumnos y de todo el personal de la escuela.

Lo que ambos por su lado necesitaban, era algo de tiempo. Esperaban que de alguna manera mágica las cosas se acomodaran solas.

La directora, con toda delicadeza, intentó esbozar algunas palabras de aliento para que siga en su lucha por esa familia que supo construir. Le habló del respeto, del amor a la familia, a la Fe en Dios, de las pruebas que todos los seres humanos tenemos en nuestro camino…

Narró infinidad de circunstancias, sobre la importancia de valorar el cuidado de los seres que amamos y sobre todo, que aún estaba a tiempo de tomar una decisión que sea satisfactoria para su corazón y su cabeza. Claro que entendía que no era fácil esa decisión y que no sería correcto entrometerse en la misma.

Nada cambiaba el miedo profundo que le había causado escuchar esa historia.

-Y dime José María, ¿y tu familia, que ha pasado con ellas?, ¿dónde están?, ¿te comunicas?. Fue seguramente la pregunta que colmó aquel vaso que disparara el desgarro emocional.

Respirando profundo como para no inundar aquella humilde mesa en lágrimas, atina a contestar...

-No lo sé... La verdad, hoy no sé donde están ellas... Cuando salí de Rosario, quedamos que se irían a la casa de unos primos en las afuera de Rosario, y que me comunicaría con ellas. La primera semana pude llamarlas desde un teléfono público, pero por seguridad me informaron que no realizara más llamadas.

-¿Quién te dijo que no lo hicieras?

-La misma persona que me ha ayudado a estar aquí, y que tú conoces.

-Entiendo...

-Lo que pasa es que estoy muy preocupado, ya hace cuatro días que no sé nada de ellas. Hoy trate de llamarlas y el número telefónico de sus parientes indica como desconectado o fuera de servicio. Como te imaginarás el hecho de estar tan lejos hace que suponga el peor de los escenarios. Entiendo que debo controlarme y pensar cuidadosamente, pero...

Liliana dedujo que la situación de su compañero de trabajo, ligaba al extremo de desesperación, y por lo tanto no sería el momento oportuno de solicitarle que se alejara de su puesto como maestro. De hacerlo, sería algo así como bajar la palanca para que se ejecute a un condenado a muerte

Ambos al momento de despedirse aquella tarde, entendieron que ya nada podía ser como antes.

Los infructuosos intentos de comunicarse con familiares en Rosario hacían que la preocupación de José María se incrementara minuto a minuto.

Cuando esa caldera a punto de ebullición rozaba su punto máximo, recibe una llamada en la habitación del hotel, por parte de su benefactor del Ministerio de Educación Provincial, indicándole que su esposa e hija estaban muy bien de salud, y que por lo pronto no podían darle más información. Esa comunicación no duró siquiera treinta segundos, y no permitió que José María hablara, ni que repreguntara, ni que saludara.

Pese a no poder entablar comunicación con su bienhechor amigo, la tranquilidad movilizó el corazón angustiado de José María. Esa noche apenas pudo conciliar el sueño que había perdido días atrás.

La rutina diaria se iniciaba como ya se había acostumbrado. Desayuno muy temprano en el Hotel, salida a las siete de la mañana donde le aguardaba religiosamente Lázaro, para subir aquella colina en busca de la escuelita rural.

José María se repetía a menudo, que a aquel perro solamente le faltaba hablar para hacerse entender.

A veces, cuando sus pensamientos lo atormentaban en esa dura subida hacia la escuela, Lázaro, como sabiendo el dolor profundo de su corazón, se arrimaba lentamente y con su cuerpo rozaba las pantorrillas de José María, como si Dios, o los ángeles, o los seres de luz le propinaran una caricia celestial.

Corría la tercera semana desde que inició el periplo, agotándose el tiempo que tenía para decidir qué hacer con respecto a la consulta del capo narco.

A tan sólo una semana del vencimiento del plazo, José María vuelve de su trabajo con pasos cansinos, como aceptando la carga interpuesta por su error, pero intentando no desfallecer en el proceso.

Esa tarde, su vuelta la hizo en soledad. La directora se retiró para otro lugar y su habitual compañero de ruta Lázaro, esta vez prefirió acompañar a la directora.

Allí pudo comprobar cómo la soledad, es un vacío que inunda todo los rincones del alma, ahogando al extremo el raciocinio y empujando a ese cansado corazón a tomar decisiones descabelladas.

Entre paso y paso, había tomado la firme decisión de llamar a cuanto teléfono tuviera registrado en Rosario hasta tener noticias de su esposa e hija. Amigos familiares, vecinos, no le importaba, precisaba saber algo de su familia. Aunque tuvo la llamada de su amigo, eso no le bastaba.

Ya no le importaba nada, ni su seguridad, ni la seguridad de sus compañeros y alumnos, ni de su familia. Deseaba saber de ellas, conocer su estado, escuchar a su esposa, anhelaba escuchar los sollozos suaves de su hija.

Su mente y corazón le obligaban a entender que su familia aún estaba allí esperándole.

En esos pasos de regreso planeó delicadamente como llamar a cada teléfono en la Ciudad Cuna de la Bandera, para saber de ellas.

Al aproximarse al Hotel, puede visualizar como una camioneta 4 por 4, de color gris plomo con vidrios polarizados y neumáticos enormes, se retira del hotel en dirección a la Ruta Provincial.

No pudo ver quien conducía aquel vehículo. Le pareció muy extraño que en los días laborables había poco movimiento de turistas y por ende, la mayoría de los automóviles eran ya conocidos. Tampoco pudo saber de dónde venía, ya que al tener placa identificadora alfanumérica no individualizaba el origen de la misma.

Al ingresar por la puerta principal del Hotel, solicita que se le entregue las llave, percatándose de la forma extraña que lo trató el encargado de turno. Regularmente lo saludaba muy acaloradamente y con bromas. Esta vez solamente lo saludó y en ningún momento sus ojos lo miraron fijamente,

Tampoco se animó a preguntar nada. Agradeciendo la atención por la entrega de las llaves del cuarto del hotel, camina por esos pasillos al descubierto para ingresar al sitio que hacía varias semanas era su casa.

El corazón de José María de manera alocada empezó a temblar. No sabía si era de miedo, de terror, de ansiedad o de extrema preocupación. Relacionaba la salida de aquel vehículo gris, imaginaba que sicarios de don Anbur pudiera estar esperándole y por eso la reacción del conserje.

Su caminar se hizo más lento, a medida que se aproximaba a la puerta de la habitación.

Se preguntaba -¿que podría estar pasando?, ¿estarían los sicarios esperándole para la estocada final?, ¿y si el conserje fuese cómplice de aquellos matones?, ¿llamo a la policía?, pero si los llamo, ¿qué les digo?, ¿me creerán que me estoy escondiendo de una banda de narcotraficantes solamente por conducir un vehículo?, no creo. Nadie me creería.

Mientras seguía cavilando, sus pies siguieron avanzando hasta llegar a la puerta de ingreso.

Aunque su mente le indicaba que se retirara corriendo del lugar y su estómago le propinara el mayor malestar producto del miedo y del terror, algo en el interior hizo que tocara el picaporte para ver si estaba sin llaves la puerta.

Intentó abrir dos veces, notando que la habitación estaba con la cerradura accionada.

Entonces, pensó, -si está cerrada la puerta, nadie puede estar adentro.

Al repasar esa afirmación, escucha un ruido en el interior de su habitación, como si alguien bajara la cisterna del baño privado de cuarto.

Ya no pensó nada más, la duda pudo más que su dolor de estomago y sus locas preguntas sin respuestas.

Introdujo la llave en la cerradura, giró dos veces hacia la izquierda con su mano derecha, y con la izquierda toma el picaporte abriendo lánguidamente aquel portezuelo.

El abrir de la puerta el ruido fue amplificado al extremo, o al menos él pensaba que todo el pueblo lo había escuchado.

Cuando empieza a visualizar el interior de su cuarto, puede observar como la luz de la habitación se encontraba encendida. Ve su cama destendida, como si alguien se hubiera sentado en ella.

Ya al ingresar, escucha que del baño se abre lentamente la puerta que comunica con su habitación. Su alma se detiene, así como su respiración.

-Este es mi fin. Pensó, como decretando que estaba en presencia de los últimos segundos de su vida.

-Ahora, saldrá el sicario, y las balas de algún arma automática propio de los profesionales matones, inundará mi cuerpo, definitivamente será mi fin...

Ya no le importaba.

Quizás hasta sería un alivio para su cuerpo y su alma. Solamente le producía profunda tristeza la soledad que su esposa y su hija tendría con su muerte inminente.

Pero, en esos pocos segundos, se volvió a cuestionar...

-¿Y si salgo corriendo, ahora... ya...?, ¿si me pego media vuelta y el sicario no me ve y puede olvidarse de mi presencia?, ¿y si tuviera otra oportunidad y pudiera ver a mi familia para decirles que las amo...?... ¿me darán algún tiempo extra para despedirme?...

Su mente cabalgaba mucho más que su corazón, mientras era escoltado por esa vana respiración, en los que sus pulmones no aguantaban esa profusa inspiración y expiración galopante.

Sus ojos se llenaron de agua...

Y como última pregunta, previo al desenlace, su mente le inquiere finalmente, -¿Y si aceptas...? ¡sé un Jibaro...!, ¡sálvate, y preserva a tu familia...!, ¡nadie te puede culpar por tomar esa decisión... ¡sálvate...!, ¡acepta...!, ¡acepta...!, ¡acepta, ya...!

La puerta del baño se terminó de abrir y mientras alguien iniciaba la salida del sanitario, su mente se detiene, así como su corazón y respiración.

La suerte estaba echada...

Fue como una película, en donde la acción transcurre en cámara lenta.

Sus lágrimas se desparraman, cual tonel de madera fuese abierto a machetazos... Su corazón se reinicia y el galopante sentido de ubicación le devuelve los sonidos, olores, colores, y la vida.

Lo primero que puede ver nublosamente, por esos cristalinos inundados, es un gorro blanco y una manta de bebés, seguido de unos brazos aterciopelados.

No se movió del lugar donde estaba parado, hasta que puede observar por completo, quien había irrumpido en su habitación: una mujer, pero no cualquier mujer.

Aquella dama que alguna vez pudo conocer mientras trabajaba como cajero en el Banco de la Nación. Aquella mujer de mirada transparente y ese porte de princesa. Esa mujer que supo encantarlo con los contorneos de cadera en el club Libanés. Esa mujer que siempre tenía una palabra justa en el momento oportuno, esa mujer que representaba sus angustias, sus penas, su soledad, su desarraigo, esa mujer que sostenía de manera sagrada una beba inmaculada, iluminada por el sol de la tarde de la Villa Traful. Esa mujer que lentamente sale del sanitario de su habitación en el pueblo perdido en las cordilleras de los Andes, era nada más ni nada menos: la mujer que tanto amaba.

Todo el mundo en su lugar de inmediato correría extasiado al reencuentro.

José María en cambio, con su alma dolorida y su soledad aún a cuesta, solo atina a caer de rodilla, cubierto de lágrimas y un deseo ardiente de contener a sus amores en sus brazos, pero sus piernas y sus manos no le obedecían.

Después de varios días de miedos, dudas, soledad, tragedia, dolor, angustias, esos ojos se cruzaron nuevamente.

Patricia, aún parada en el dintel de la puerta del sanitario, lo mira dulcemente, enjuagados por la alegría que provocaba ver a su amado de rodillas, como acto penitencial y adoración al ser divino, o quizás agradeciendo aquel momento sublime.

Esos segundos, imborrables segundos de amor verdadero, esos instantes en que el universo pareciese que detuviera todo lo que alguna vez existiese, para que sólo dos protagonistas, o mejor dicho, tres protagonistas, tuvieran el momento estelar, el momento preciso, el indicado. El momento donde confluye lo divino, lo terreno y lo existencial.

Ese momento, en el lejano cuarto del Hotel de Villa Traful, estaban tres corazones unidos por algo más, parentesco, necesidad, deseos, miedos y desesperación. Estaban allí porque se amaban mucho más de lo que hasta ese momento pudieran imaginar.

José María aún en el piso, es abordado por las bellas damas, momento en que solo atina a desenroscar la tapa de la caldera que hacía varias semanas estaba en proceso de compresión fatal.

Paulita, como sabiendo la importancia del momento sublime a la que estaba presenciando, miraba a su papá, como queriendo estirar esas manitas llenas de amor angelical.

Mientras lloraban y se abrazaban, nuevamente le sobrevino la pregunta...

--¿Y si aceptas...?, ¡Se un Jibaro...!, sálvate, y preserva a tu familia...!

Capítulo 16

El sol que acariciaba las frías masas de agua del Lago Traful, indicaba inexorablemente que lentamente estaba amaneciendo en aquel alejado pueblo de la Patagonia.

Liliana, que regularmente se levantaba tarde por ser domingo, ese día tenía un motivo especial para estar somnolienta.

Ya se había duchado y arreglado para su posterior salida.

El frío de la cordillera era menguado por las brazas del sol que majestuosamente seguía su proceso, dando paso al nuevo día, y con ello iniciaba nuevamente como cada jornada, el comenzar, el despertar, el vivir.

Su esposo e hija dormían aún, por lo que se preparó el acostumbrado té en leche, con azúcar morena.

Cuando por la ventana de la cocina de su casa, visualiza las imponentes laderas de los insolubles Andes patagónicos, y mientras termina de beber su infusión, algo le indica que ya debía comenzar la dura tarea, que por ser domingo y por su posición, le tocaba realizar.

Revisa la habitación donde se hallaba durmiendo su esposo y la habitación de su hija, ambos continúan descansando. Con pasos suaves y sin hacer ruido toma su cartera, las llaves de la casa y otras pertenencias y empieza su caminata especial que ella misma se había auto impuesto.

El aire andino la envuelve, mientras sus primeros pasos la llevan por esas calles desiertas de vehículos y personas.

La tranquilidad y el silencio, que a veces grita más que el bullicio de buses, taxis y transeúntes, le empezaba a demostrar que la tarea que debía realizar esa mañana, no le era fácil.

Aquella directora de escuela, esa mujer que supo por experiencia educar a muchos seres, aquella maestra que formó corazones, almas y mentes, debía esa mañana en Villa Traful realizar una visita desoladora.

Cuando camina varios metros, puede ver con alegría a su valiente compañero de caminatas, que con hidalguía la esperaba en la ochava izquierda.

Lázaro, acostado sobre sus patas, para sus orejas y le devuelve el gesto de felicidad, como diciéndole aquí estoy, te voy a acompañar en la triste visita que vas a realizar.

Liliana, ve que su corazón no está vacío. Lázaro la acompaña ese día.

-Hola amigo... ¿cómo estás?... ¿me acompañas?...

Lázaro, como contestando a la pregunta, se para, mueve su cola y muestra en todo su esplendor ese elegante porte de ovejero alemán, diciendo, aquí estoy... levanta su mirada hacia los ojos de Liliana, como entendiendo el duro proceso que van a realizar juntos.

-Sólo te hace falta hablar... amigo... le indica Liliana.

¿Vamos?...

Inician su peregrinar por las calles del vacío pueblo, que por la posición del sol de la mañana representaba las siete.

El silencio profundo, acompañó aquel cortejo de almas que en sus pasos expiaban dolor, solemnidad y respeto.

Liliana, repasaba mentalmente todo lo que había sucedido. Quizás Lázaro también lo hiciera.

Luego de treinta minutos de silenciosa marcha, pueden ver lo que será su destino esa mañana.

Las cruces en el frente del edificio y las construcciones cubiculares y aquel fuerte aroma a flores, le indicaban que estaban precisamente donde debían estar.

Al llegar a la puerta, Lázaro se para como indicando a Liliana que hasta allí llegaba su protección y su compañía. Que a ese lugar no podría ingresar, que era imposible que eso sucediera esa mañana.

Liliana, lo mira desconcertada, y le comenta...

-Vamos amigo… te necesito, acompáñame… no me dejes sola en este momento…

Lázaro, como respondiendo a esa consulta, se acerca a sus pies, rozando su cuerpo en las piernas de Liliana, como indicándole que no la va a dejar sola.

Liliana se arrima a un puesto de flores, le consulta que flores puede llevar. La dependiente le inquiere sobre el motivo de tales pedidos. Liliana le comenta el motivo particular de su visita, y la misma le indican las opciones que pueden ofrecerle en ese momento.

De manera providencial y quizás sin saber el significado floral, escoge doce crisantemos blancos, envueltos en un celofán transparente, con el fin de no descuidar en esplendor que representa esa imagen de pureza y esa eternidad floral del crisantemo.

Mientras abonaba el ramo de flores, puede ver por la vidriera del local, que el dueño del bar donde tiempo atrás se encontraron con el maestro rosarino, para dialogar sobres sus dudas, problemas, historia, amores, se aproximaba en dirección al mismo lugar donde ella se dirigía.

Agradece los servicios de la señora que le atendió, sale del local, y espera que Lázaro inicie su caminata, hacia la amplia puerta con una cruz en arco en la parte superior.

Los jardines prolijamente cuidados, daban su bienvenida a los dolientes visitantes, que como Liliana, entendía que era una necesidad espiritual y casi una obligación moral al menos hacer una visita de vez en cuando a los seres que ya han dejado esta existencia humana.

Liliana, aunque consternada, sabía que su necesidad de estar allí era moralmente necesaria.

Se pregunta mientras recorre los primeros metros de la entrada, -¿por qué a los seres humanos, el hecho de visitar a nuestros muertos, representa una carga incontrolable, algo tenebroso, misterioso, algo que representa una mezcla de terror, miedo, desconocimiento, dolor, emoción, y mucha tristeza?.

Se imagina Liliana, que nadie se levanta un día domingo, soleado, deseoso de visitar un cementerio, como si fuera su plan favorito.

Culturalmente nos han metido en la cabeza esos miedos que representa la muerte. Las historias de las almas en pena, las ánimas, los muertos que salen de su tumbas por las noches, la idea de morir, en fin, la muerte representa algo repulsivo, doloroso, con un riesgo transformado en miedo, al que los seres humanos preferimos eludir, como si al visitar una tumba, acortamos nuestros días de vida en la tierra.

Claro, se repite Liliana -nadie se levanta un domingo soleado, como único fin existencial la visita a un cementerio, si no fuera por respeto, por recogimiento, por recordar a nuestros seres queridos que ya nos han dejado, y quienes estarán en nuestro corazones por toda la eternidad.

Todos los cementerios se parecen uno a otros. Aunque un cementerio en las laderas de los andes, es distinto a los que están ubicados en la pampa húmeda o en las grandes urbes como Buenos Aires, Rosario, Córdoba, Mendoza. Tampoco se parecía en nada al Cementerio el Salvador o la Piedad de Rosario.

Las cruces o símbolos religiosos, las lápidas, las inscripciones con fotos en algunos casos, con el dato de nacimiento y año en que ha fallecido, dan una uniformidad de sucesos que reúnen para recordar al que partió anticipadamente.

Pero visitar a un ser querido, teniendo como fondo la ladera de una montaña, y por telón retrospectivo el imponente lago, es un escenario que dista mucho de los lúgubres cementerios de las grandes ciudades.

Al recorrer unos metros se encuentra con el dueño del único bar del pueblo, Pedro Palacios, quien al verla lo saluda muy cordialmente.

-Cómo estas, Pedro…

-Visitando a mí esposa…

-Que Dios la tenga en la gloria…

El dependiente agradece el comentario y prosigue su camino, a lo que Liliana continúa con el suyo, seguida por el perro ovejero alemán.

Al llegar al extremo oeste, casi en la parte más alta del cementerio, se encontraba el lugar que estaba buscando…

Se detiene unos instante como tomando fuerza para aproximarse, mientras que Lázaro, con toda naturalidad, se adelanta y se acuesta en la punta izquierda de las tres lápidas.

Liliana, hace la señal de la cruz, esboza unas plegarias, un ave María y un Padre Nuestro, dividiendo el ramo de crisantemos que trae en sus manos en tres partes iguales.

Se inclina, deposita los primeros crisantemos en la tumba que está a la izquierda, seguida por la derecha y así hasta completar las tres tumbas.

Se queda parada en el medio de las tres lápidas por un tiempo largo sin decir palabras.

Al tiempo, se acerca Pedro Palacios, quien ya había dejado sus flores en la tumba de su amada esposa, como intentando acompañar ese momento de solemnidad y respeto de la directora de escuela.

-Por la fecha en las lápidas, ya han pasado varios días Liliana…

-Sí Pedro… ya han pasado sesenta días de lo sucedido…

La mente de Liliana inicia el proceso de revivir lo que testigos, moradores, turistas y vecinos han reconstruido de lo que había sucedido a la familia Iriarte.

-¿Cómo sucedió? Liliana…

-Ese jueves, José María estaba tan radiante por el reencuentro con su esposa y su beba. Tan feliz que me visitó para que las conociera y la verdad Pedro, se veían tan felices…

El viernes, cumplió sus tareas en la escuela como lo hacía en forma habitual, pero con una sonrisa que no se desdibujó ni un solo segundo.

Al momento del cierre del horario escolar, su esposa e hija lo visitaron para escoltarlo de regreso al Hotel.

Aparentemente todo era felicidad, hasta que el sábado por la mañana, el conserje le avisa por el teléfono interno que unas personas desconocidas lo estaban buscando y que preguntaban por su paradero...

Según informó el conserje, se habían presentado en una camioneta negra, con vidrios polarizados, y que por su forma de vestir y su forma de hablar, daban la impresión de ser rosarinos o porteños. Aunque algunos indicaban que la placa de la camioneta decía uso oficial, seguramente la habría puesto para despistar o la habrían robado.

Al momento de recibir la noticia, José María, toma a su beba en los brazos y obliga a su esposa a tomar lo más importante, como documentación de los tres, ropa de ambas y algunas pocas cosas que se encontraban guardadas en un bolso grande, y salen corriendo en dirección al lado sur del hotel.

Allí, tapado con un cobertor marrón, se encontraba como escondido el automóvil Bora de la familia.

José María, raudamente descubre el vehículo, lo enciende de manera intempestiva, acomoda a Patricia y su beba en la parte posterior. Pone primera posición en la palanca de cambios del automóvil y el vehículo sale arrasando polvo en proceso de huida furtiva.

Los visitantes, escuchan el ruido del automóvil y salen corriendo para introducirse nuevamente en la camioneta negra. Allí el conserje puede ver que las personas que antes preguntaron por la familia Iriarte, llevaban armas largas, quizás automáticas o ametralladoras, o algo así.

De allí, comentan que se inicia un proceso de persecución por aquellas rutas de montañas.

La diferencia en las rutas de planicie con las de montañas, es la estrechez y el abismo que en algunos sectores peligran la conducción. Máxime cuando el que conduce no conoce el recorrido.

-O sea, que la familia salió huyendo del Hotel.

-Sí, Pedro… cuando recibieron la noticia, salieron por la ruta de montaña. Con tanta mala suerte que en la parte superior de aquel cerro, justo en la ladera Este, donde se encuentra el mayor precipicio, el automóvil de José María no pudo mantener la adherencia al suelo por la velocidad que había tomado en esas curvas. Lamentablemente el auto se desploma y se produce lo peor…

-Me han contado que el automóvil dio varias vueltas y luego se prendió fuego…

-Sí, Pedro, así dicen… claro que los únicos que pudieron verificar la veracidad de la historia es la Policía, por el lugar donde quedaron asentados los restos.

Allí asistieron el forense, la policía, y la parte judicial, que certificaron que fue un accidente automovilístico, en la que por descuido del conductor y desconocimiento del lugar hicieron que se desbarrancaran y cayeran al precipicio. Nunca hablaron de otros vehículos, tal como aseguraron algunas personas, o de una persecución que sí vieron vecinos del lugar.

La causa fue cerrada casi inmediatamente, como accidente.

Respira unos instantes… y prosigue.

-Fue terrible la noticia en la escuela, tanto para los alumnos, como para nosotros. Aunque fue poco el tiempo que pudimos compartir, José María, siempre demostró ser un buen maestro, un buen esposo, padre, y una muy buena persona.

-Sí doloroso lo que ha pasado con esta familia.

-Dicen los que asistieron, que los restos de los tres ocupantes del automóvil, tenía una particularidad, estaban abrazados… Como si en el últimos instantes de vida, se despojaran de todo lo vivido y se entrelazaran sus espíritu para el más allá…

Luego de varios silencios... Pedro Palacios, se despide, retirándose lentamente.

Liliana, despidió al dependiente, quedándose unos minutos parada en frente de la tumba de José María.

Mientras unas lágrimas acarician esa fría mejilla, azotada por los vientos andinos de la temprana mañana, solicita al ser supremo encontrar las palabras justas para decirle en voz alta a su ex compañero de trabajo lo que ese corazón y alma deseaba expresar...

-Te fuiste imprevistamente, pero nos dejaste el ejemplo de luchar por lo que se cree.

Los que tuvimos el privilegio y el honor de conocerte, José María, aprendimos que tenemos que buscar algo por que luchar.

A ti no te importó luchar por concebir un hijo. Al tenerla, dejaste lo que más querías, tu trabajo, por la salud de tu hija... Viviste en la desesperación del desempleo, en la puja diaria del poder comer y vestir. Encontraste nuevamente un horizonte y la vida te llevó por esta opción.

La opción de tener que elegir entre lo bueno y lo malo.

Tuviste la oportunidad de tener todo, con sólo aceptar aquella propuesta.

Ahora sé la respuesta, o al menos lo intuyo por como terminó todo.

Ya con las lágrimas enjuagando aquellas mejillas soñolientas, solo atina a despedirse.

-Adiós amigo...!

Cuando termina de decir en voz alta estas palabras, puede observar como Lázaro, mueve la cola, queriéndole animar, o expresando un deseo de felicidad, o como si quisiera decir que esa familia está en mejores manos.

-Vamos Lázaro...

Vuelve a mirar las tres tumbas, hace la señal de contrición, realiza media vuelta, e inicia el camino de regreso, siempre escoltada por ese hidalgo ovejero alemán.

Camina de regreso a su casa, previamente se para comprar unos panes y leche para el desayuno de su hija y de su esposo, sabiendo que el día siguiente empieza todo de nuevo, la escuela, los alumnos, las tareas administrativas en la entidad educativa, las demás maestras, en fin, sigue la vida.

Se imagina que finito somos en este mundo. Si al morirnos nada cambia, todo sigue su curso, el sol no se detiene, los planetas no se detiene, el mundo no se detiene, la vida no se detiene. Aprendemos a olvidarnos rápido de los seres queridos. Poco recordamos sus facciones, sus gestos, sus rostros. Quizás sea mentiras que los tenemos siempre en nuestros corazones. Posiblemente nuestras mentes de manera sabia hacen que esa parte del sentimiento y de los recuerdos sean olvidados para que podamos seguir nuestro camino día a día, hora tras hora, minuto a minuto. A veces recordamos a nuestros seres queridos, pero en verdad, los vamos olvidando a medida que pasan los días, meses y los años.

Mientras camina de regreso a su casa, se pregunta por hechos existenciales profundos, preguntas que no tienen respuestas plausibles, al menos que nuestro intelecto lo pueda comprender sabiamente.

-¿Cuándo me muera, quienes me recordaran?, ¿Por cuánto tiempo estaré en los corazones y las mentes de los que me recuerdan?, acaso ¿importa eso?, si ya estamos muertos, seguramente no nos importará quienes y cuántos nos recuerdan, ya que seguramente estaremos en mejor lugar.

Pero, ¿si no nos recuerdan, sentiremos tristeza en el cielo, o donde estemos?, ¿nos olvidarán prontamente, así como este pueblo ya casi se ha olvidado del rosarino que llegó a nuestra escuela, estuvo enseñando por casi un mes, y ya no está con nosotros?

Muchas fueron las preguntas que no tuvieron respuestas necesarias e inmediatas. Tampoco esperaba tenerlas.

-Por eso digo, la mente humana fue concebida con la inteligencia divina, que posibilita que olvidemos aquello que nos hace sufrir...

Al día siguiente, el lunes llegó sin apuro, y de nuevo la rutina diaria.

En la escuela se desarrollaron todas las actividades previstas, las clases con normalidad, el izamiento a la bandera a la mañana, el almuerzo al medio día, las clases por tarde, los alumnos corriendo por todos lados en los recreos, y de repente Liliana, mirando el majestuoso lago que José María impávido supo observar en sus primeros días, recordó que ya nadie en la escuela recordaba siquiera la presencia de su antiguo colaborador, nadie recordaba al rosarino que supo enseñar con esmero y dedicación, sentenciando de manera absoluta lo que había pensado el día anterior:

-La mente hace que nos olvidemos de nuestros muertos, quizás para que podamos sobrellevar mejor nuestras pesadas cargas que la vida diaria nos exige de forma presurosa, y en la que pasivamente obedecemos complacientes.

Capítulo 17

Varios meses después del accidente, y luego de terminar su rutina laboral en la escuelita rural, Liliana emprende como de costumbre, su lento caminar de regreso a su hogar, con la grata y amena compañía del inefable Lázaro.

Había algo en el ambiente y en su corazón que de manera sosegada le venía acosando lentamente desde hacía un tiempo, como si fuera una marquesina de un teatro de la avenida Corrientes de la lejana Buenos Aires, que aunque silenciosa, no dejaba de alumbrar refractiva y permanentemente.

Muchas cosas le molestaban en su corazón.

La primera de ellas, era el hecho de tener razón.

Sí. Aunque pareciera conflictivo y apenas razonable, le incomodaba tener la certeza que ya nadie se acordaba del antiguo maestro rosarino, confirmando eso de que la mente nos ayuda a seguir viviendo, bloqueando parte de la memoria que nos pueda hacer sentir tristeza, malestar, angustia, desamor, para que nuestra rutina ocupe la mayor parte de nuestras vidas, y que la soledad no nos secuestre con la dolorosa pena de extrañar y recordar.

El saber que no estaba equivocada le brindaba una tristeza muy particular.

Por un lado, el hecho de tener la razón, irremediablemente le exigía imaginarse que a ella también la olvidarán.

Es como si uno viviera para estar en los corazones de todos, y al morirse conjetura que nadie la recordará. Es un vacío existencial que no le agradaba.

El siguiente hecho que le regresaba a su memoria, era una infinidad de circunstancias y recuerdos reciente, que Lázaro de manera involuntaria le acercaba a diario.

Lázaro fue el confidente de José María. Ese animalito escuchó, compartió y presenció parte de la historia y vida del maestro en la Villa. Sabía muchas cosas, presenció muchas circunstancias, experimentó la tristeza del maestro, observó la pena y el desarraigo, su intranquilidad, su dolor, su angustia, su amor... Pero, no podía hablar.

A veces, miraba a Lázaro y con ternura le decía:

−¿Qué pena que a los mejores amigos del hombre, los perros, Dios no les hubiera dado el don del habla, para que nos pudieran contar lo que piensan, lo que sienten, sus miedos, sus esperanzas, y sobre todo sus secretos?

Imaginamos a esas mascotas como una cosa inerte que sirve de compañía, pero obviamos que ellos sienten lo que sentimos, llorar cuando lloramos, ríen con nuestras alegrías y soportan las duras penas de nuestro dolor.

¿Qué tendrán estos animalitos, que aunque los regañemos, los maltratemos, los humillemos y hasta en algunos casos los golpeemos, ellos siguen allí mostrándonos amor, siempre felices de vernos?

¿Qué lástima amiguito que no puedas comentarme muchas cosas sobre José María...?

Existían muchas circunstancias que hacía varios meses la atormentaba, pero no pudo, no supo o no quiso desahogarse con nadie en la Villa.

Todas esas angustias lamentablemente estaban referidas a José María y su familia.

Lo que estaba claro para la policía, para la justicia, para la ley, para los habitantes de la Villa, y para toda persona que pregunta por los rosarinos, es que murieron en un accidente automovilístico y están enterrados en el cementerio del pueblo.

Le inquietaba que hubiera un sinfín de elemento que probara de manera estridente, que su ex compañero en la docencia, estaba sepultado junto a su esposa e hija, en el fondo de la necrópolis del pueblo.

Entre los elementos probatorios, había restos del automóvil que protagonizara el accidente; existían testigos de una visita en el lobby del hotel; había testigos que presenciaron una persecución; se podían exhibir los certificados de defunción que atestiguaban clara y definidamente el deceso de los tres integrantes de la familia; existía pericias policiales y judiciales; y por supuesto, estaban las tres tumbas.

Todo estaba claro. Fue un accidente, y en ese accidente falleció la familia Iriarte. ¡Punto!

Pero, como buena docente. Ese punto final le irritaba profundamente.

No sabía si era por el modo en que se fue José María de su vida, si por el hecho de que todo estaba claro, o porque todos ya lo habían olvidado, como si el valiente maestro que llegó de la ciudad en que Belgrano fundara la Bandera Nacional, nunca hubiese estado allí.

Le descarnaba pensar, que esa familia no tenía a nadie en el pueblo, únicamente estaba ella para visitar esas tumbas. Nadie más.

Mientras caminaba silenciosamente por esa carretera en dirección a su casa, escoltada por el perro ovejero alemán, el punto final que hasta el universo se ensañó en imponer a la situación, ella la convertiría en la bella tarde que se desparramaba en el olvidado pueblo patagónico, en un signo de pregunta. Mejor dicho, en varios signos de pregunta.

Mientras ingresaban a la bifurcación del camino para tomar el de la derecha que la conduciría a su domicilio, o el sendero de la izquierda que la llevaba hacia el lago, esa tarde, Lázaro, como entendiendo su alma y el dolor que soportaba, se adelanta unos pasos, y caminado silencioso y lentamente, elige de manera coercitiva el camino hacia la izquierda, haciendo gestos con la cabeza, para que su compañera lo siguiera.

Liliana se preocupó al descubrir la unión sentimental que con ese animalito existía. Era como si un veedor omnipresente de la vida, supiera lo que estamos necesitando, sintiendo, y como conoce nuestro dolor y además nos ama, toma unilateralmente decisiones para que nos liberemos de esos sentimientos que nos abruman, decisiones que seguramente por nosotros mismos no tomaríamos.

-Extrañamente, no quiero discutir con Lázaro, pensó para sí.

Como si fuera un miembro de una jauría de perros de trineo, y que en forma pasiva acepta que la existencia de un macho alfa lidere la estabilidad de la manada, proporcionando orientación y orden al resto, Liliana sigue los pasos de Lázaro sin emitir palabra alguna.

Los pasos cansinos de Lázaro, tuvieron como único objetivo conducirla a un lugar particular, donde Liliana pudiera sentarse y desprenderse del dolor y sufrimiento que imponía la dura carga de la conversión de un punto final interpuesto por toda la sociedad, a varios signos de interrogación.

Liliana resignada, sigue caminando en busca de ese espacio que le permita preguntar y encontrar respuestas.

Al llegar al parque, puede observar que no había nadie. Como si el maravilloso parque, cuya principal atracción fuera el estar mirando incólume al imponente lago Traful, estuviera reservado ese día para ella y su perro.

Se sienta en una de las bancas de la plaza, tal como José María lo hiciera en aquella banca en Arroyo Seco, cuando fue despedido de su amado empleo en el Banco.

Los rayos del sol pintaban nuevamente el horizonte, matizando las montañas de caoba suave, con un leve despunte de restos de nieve en la parte superior de sus laderas, como si alguien superior arrojara harina blanca, para que brotara mágicamente el color propio de la Patagonia andina, dando una vista envidiable.

El lago, como nunca, reflejaba ese cielo azul patagónico, dando el aspecto de un espejo natural, y que en la quietud de sus aguas descansaba el secreto de la serenidad y la paz para los que observaban.

Al acomodarse en el humilde banco del parque, como algo indisoluble a la imagen del lago Traful que visualizaba a su frente, le viene a la memoria los Centinelas del Lago, ese conjunto de cipreses que alguna vez vivieron en la ladera del cerro Bayo, o el Alto Mahuida, y que por un inexplicable movimiento de la tierra durante los años sesenta, se desprendieron en forma masiva hacia el fondo del lago, y que aún pasando incontables años, seguían aferrados al bosque de piedra en el cual estaban insertos.

Imagina: -Sus troncos han perdido ese follaje eterno y su apariencia de estar petrificado los hace parecer muertos, pero, ¿por qué no se tumban, si sus raíces están bajo quince metros de agua? A pesar del frío, del agua, de tiempo, esos cipreses aunque sin ramas, siguen con nobleza mostrando su presencia, reiterando del por qué se los llama Centinela de los Lagos.

El hombre debe parecerse a esos cipreses petrificados, que aunque inundados de adversidades, de agua, de frío, de viento, de agonía, debería estar allí, parados mirando de frente al mundo. Pensó.

Su mirada de repente se pierde en la infinidad del horizonte y del espejismo que se produce entre la conjunción de lago y cielo.

El punto final de la historia de José María Iriarte, le sigue molestando.

Sabía que un punto puede unir dos oraciones, puede convertirse en punto y coma, o puede ser punto suspensivo permitiendo que la historia continúe. Puede además convertirse en signos de exclamación o interrogación. Pero no aceptaba el punto final en esta historia.

Esa falta de aceptación se debía a innumerables cuestionamientos que su mente había fabricado durante estos largos e interminables meses desde que ocurrió el accidente del maestro rosarino

Había muchas cosas que no le cerraban, aunque al resto de los habitantes de Villa Traful les pareciera una verdad absoluta.

Todos estos interrogantes, a los moradores de la Villa les eran indiferentes, no porque las preguntas no fueran interesantes sino porque el actor de las mismas ya fue olvidado. Pensaba.

El primero de los cuestionamientos serios, fue el hecho de que el vehículo que visitó a José María Iriarte en el Hotel donde se hospedaba, supuestamente perteneciente a sicarios del grupo criminal de Rosario, llevaba placas de Uso Oficial.

– ¿No es acaso difícil creer que sicarios profesionales, roben automóviles del gobierno para hacer su trabajo, sabiendo que los buscarían por cielo y tierra con más empeño que un auto particular?

El punto siguiente, fue el automóvil que José María utilizó para huir del hotel con su familia. Muchos indicaban que era su propio vehículo, y que estaba estacionado dentro del hotel. Ese punto le molestaba mucho más que el anterior. José María tuvo un dialogo muy cercano con la directora, y en todas esas largas horas de sinceramiento nunca mencionó que hubiera venido de Rosario en su propio automóvil.

Además imagina Liliana, - ¿Si hubiera venido con algún medio de transporte, no lo habría utilizado algunos días para desplazarse por el pueblo, o para ir o regresar del trabajo?

Si no tenía su automóvil, tal como creía Liliana, -¿de dónde sacó el auto que utilizó para supuestamente huir hacia el desfiladero, donde todo terminó con el deceso de la familia? ¿No es llamativo que en el informe final no se describa el modelo del auto, la marca y su placa identificadora?

La mente de Liliana, seguía repasando punto por punto la lista mental de objeciones respecto a la supuesta muerte de la familia Iriarte.

Dentro de los puntos que le incomodaban, fue el hecho de que en el hotel, no quedó prácticamente ninguna pertenencia de la familia Iriarte. Las personas que trabajan en el hotel, atestiguan que se llevaron casi todo lo que tenían. Solamente algunos packs de pañales descartables, algunas prendas húmedas lavadas y que no se secaron, y otros detalles menores como desodorantes y jabones. No sabían que había pasado con la documentación de las tres personas, pasaportes, documentos de identidad, ropas, abrigos, bolsos. -¿Cuándo uno tiene que salir de urgencia de su casa o del lugar donde está morando, qué es lo que se lleva en forma urgente?, en ese estado de desesperación, ¿no existen acaso prioridades sobre qué llevar y qué dejar?, ¿no es raro saber que no hayan dejado casi nada en el hotel?, ¿cómo si la salida de la familia fuese programada con anticipación?

Y del día y horario, -¿no es casual que sucediera todo en momentos en que no hay casi testigos en la calle, o que el momento oportuno del despliegue escenográfico fuese un viernes por la tarde?

Y de la policía, -¿qué raro que se encuentren un sinfín de oficiales, patrullas y comandos operacionales, en un pueblo olvidado donde solo existe una pequeña comisaría de pueblo con tres efectivos?, ese particular inicio de fin de semana, había un sinfín de efectivos procedente de la capital neuquina, peritos especializados, patrulleros que cortaron los accesos del accidente, fiscales de la justicia, y hasta una flota de bomberos. ¿No es al menos llamativo, todo ese despliegue en un pueblo donde nunca pasa nada?

Con respecto al sepelio, se hizo el mismo domingo, conteniendo tres ataúdes cerrados, sin poder ver los restos mortales de la familia Iriarte, ¿no es raro?

Con respecto a la celeridad de los procesos judiciales, en un pueblo alejado como es Villa Traful. -¿un viernes por la noche, cómo se sabía del accidente desde la capital, como se supo de los cuerpos, de las actividades periciales, y las actas de procedimientos judicial?

¿Es normal que se cierre la vía de acceso del desfiladero, tan rápidamente como sucedió ese viernes?

Si se conocía por testigos que supuestamente había sicarios que acosaban a la familia, -¿no se podía haber investigado un posible asesinato por encargo?

Y por último, lo que más apesadumbraba a Liliana: -este benefactor de José María, primo de su esposa y ex compañero de mis estudios como docente, que tanto había hecho para protegerlos, para ayudarlos, para brindarle un trabajo en la escuela, que había movido sus influencias gubernamentales y le permitiera desarrollar sus tareas educativas en Villa Traful, ¿qué inverosímil pareciera imaginar que ante el hecho que condujo a la muerte de la familia, y de su propia prima, nunca pasara personalmente por el pueblo, o que visitara sus tumbas, o pasara por la escuela, o se acercara en la seccional policial local, o al menos se comunicara conmigo para saber lo sucedido? ¿No es acaso extraño?

Todas estas preguntas pueden tener su correspondiente correlato de justificación, pero ¿todas ellas juntas, no configura acaso un gran interrogante?, acaso el punto final que todos aceptan ¿no es en sí un gran signo de interrogación?

Lázaro, como queriendo acompañar a Liliana en este transe de dudas sin respuestas, se acerca a ella, encoge la cola, da dos ladridos suaves como queriéndola animar, y finalmente, coloca la cabeza en su regazo ofreciéndole de ésta manera el apoyo de un amigo fiel e incondicional.

-¿Es que sabes algo que yo no sé, Lázaro?

Lamentablemente, no pudo recibir respuesta del animal.

Su mirada se pierde en el horizonte, y su mente de manera autómata empieza a lucubrar respuestas a las conjeturas existenciales que había tirado al espacio.

-¿Y sí…? Esboza en voz alta.

¡Claro…! se dice a sí misma.

Mientras toma aire con un estado de exaltación y emoción…

-Existe una circunstancia que puede responder todas estas dudas que tiene la fatal desaparición de la familia Iriarte.

¿Cuál? Simple. Quizás no existan tales muertes.

¡Eso es…! Tal vez, no murieron…

¿Y si todo fuera armando para fingir la muerte, para que los sicarios reales provenientes de la mafia de Rosario, creyeran la situación y no buscaran más a la familia?

¿Si el vehículo oficial que varios parroquianos vieron en el hotel, en realidad era de mi amigo, primo de la esposa de José María, preparando una falsa persecución, para que creamos que en realidad fueron sicarios que estuvieron persiguiendo a los Iriarte?

¿Si el auto que se estrelló, en realidad fue provisto por la propia policía?

¿Y si el gobierno provincial, que tiene jurisdicción en la policía y la justicia civil, montaron este escenario para fingir la muerte de la familia Iriarte?

Respira profundamente unos segundos.

-Eso explicaría la presencia de tantos policías, peritos, bomberos y oficiales de justicia, un viernes por la tarde en un pueblo olvidado en la Patagonia, el cierre de la ruta y los raudos trabajos de peritaje.

Su corazón se acelera, conteniendo una especie de emoción incontrolada…

-También explicaría la ausencia del bienhechor de la familia Iriarte y primo de Patricia en el sepelio y en los días posteriores. Quizás él colaboró para que pareciera un accidente.

Él tiene influencias y poder político, exclamó Liliana, como justificándose.

-¿Y si José María entró a un programa de protección a testigos? Seguramente si ha brindado alguna información de la banda mafiosa, quizás fue ingresado al programa de protección, con otras identidades, y una nueva vida. Eso explicaría muchas cosas...

Pero...

De repente su seguridad y emoción se desvanece.

-Nadie, creería todo esto, ¿verdad Lázaro?

El mundo cree lo que desea creer. Hay tres tumbas, tres difuntos, papeles, testigos, actas defunción. Están muertos. Punto.

¿Pero, si en realidad viven felices, libres en algún lugar del mundo?

Vuelve a regular su respiración, como absorbiendo gotas de tranquilidad en su alma.

-El mundo vive de lo que cree y entiendo que tú amigo mío, maestro de nivel primario rosarino, hincha del glorioso Rosario Central, padre de Paulita y esposo de Patricia, quizás estés feliz viviendo en libertad, esa libertad que te negaron en tu tierra natal.

Ahora no sé, amigo mío, si esto que mi mente difusa genera es verdad, o son imaginaciones mías, o si tu muerte es una realidad incontrastable, pero, lo que puedo sentir es que has alcanzado la felicidad que estabas anhelando.

Sus ojos se enjuagan de las primeras lágrimas de emoción...

-¿Donde estarás ahora José María...?

¿Dónde estará tu dolor de padre?, ¿tu dolor de hermano, de amigo, de hombre que siempre luchó por el bienestar de su familia?

Tuviste la dicha de recibir en tus manos a una beba hermosa, y al mismo tiempo tuviste la necesidad de tomar decisiones para salvarla. Fuiste por ello tratado y despedido como delincuente... Perseguido, desahuciado, exonerado de una vida simple.

Mientras mira el horizonte aterciopelado por las colinas rocosas y el juego de azules rojizos del lago, continúa...

-Sabes, me es difícil entenderte amigo, ya que el hecho de ver morir a un hijo, es un proceso indescriptible, que sólo el que ha pasado por esa situación puede iniciar apenas un acercamiento al dolor profundo y la desesperación humana.

Fuiste como un bombero que apagaba fuegos, esas llamas que paulatinamente se encendieron en formas repetidas a tu lado, y por más que intentaste no la pudiste apagar.

Tuviste la mala suerte de luchar en un lugar y momento equivocado.

Sé que te será difícil percibir lo que te estoy diciendo, porque en realidad no sé si estás en el cielo, o viviendo en esta pecaminosa tierra una vida plena con tu hermosa familia, o si las tumbas que visito regularmente, son en realidad la morada final de tu existencia.

Pero deja que este viento helado que baja de las laderas de los Andes, pueda transportar mi pensamiento para decirte amigo, compañero y colega, que no importa donde estés, bien sea un lugar alejado de este mundo, en un sitio reservado para ti en el paraíso, o donde puedas haber alcanzado llegar.

Déjame decirte que me siento orgullosa, porque luchaste con ahínco y poderío cada día, por defender algo que nos fue dado como regalo divino: intentar vivir.

Estos vientos también te llevarán mi pensamiento y sabrás que nunca te he juzgado, y desde lo más profundo de mí ser de madre, de esposa y de amiga, me complace haberte conocido, y el de ostentar en lo más profundo de mi alma la posibilidad de llamarte amigo.

Se hace una pausa de varios minutos, mientras Liliana y Lázaro contemplan el horizonte del lago Traful.

Yo, Jíbaro...

Liliana se pone de pie, como para despedirse definitivamente de su amigo, y a su vez desprenderse de la mochila que desde hacia largos e interminables meses se había enquistado sobre sus hombros.

Mira al perro, lo acaricia, comentando hacia el horizonte, para que el viento termine de llevar el mensaje concluyente a donde José María Iriarte, Patricia y Paulita puedan escuchar...

-Ahora entiendo la respuesta a la pregunta que tanto te inquietaba cuando llegaste a estas tierras...

¡Definitivamente, no eres Jibaro...!

Diciembre 2014.

www.ingramcontent.com/pod-product-compliance
Lightning Source LLC
Chambersburg PA
CBHW060424260626
47161CB00005B/1767